朱利安·巴恩斯 作品01

STARING AT THE SUN

凝视太阳

JULIAN BARNES

[英] 朱利安·巴恩斯 著　丁林棚 译

外语教学与研究出版社
北京

献给帕特

事情的经过是这样的。在1941年6月的一个平静、漆黑的夜晚，中士飞行员托马斯·普罗瑟正在偷偷接近法国北部。他的飓风式战斗机IIB全身涂了黑色的伪装漆。驾驶舱里，仪表盘上的红光轻柔地映射在普罗瑟的手上和脸上；他就像一个复仇者一般闪着红光。他把飞行帽搭在脖子后，一面在地面上搜寻飞机场的信号灯，一面在天空中寻找轰炸机喷出的炽热的红色尾气。在黎明前的半小时，普罗瑟等待着，等待着从某座英国城市返航的亨克尔或道尼尔轰炸机。那架轰炸机已经躲过高射炮的射程，没有在探照灯的照射下公开亮相，并且已经避开了防空气球和夜航战斗机；它也许正在平稳地飞行，机组人员或许正在考虑喝一杯配上提神菊苣的热咖啡；起落架正准备放下——而就在此时，偷猎者现出它狡猾的身影，一场复仇行动开始了。

那天夜里没有猎物。3∶46的时候，普罗瑟开始踏上返回基地的航程，从5 500米的高空穿过法国海岸线。或许一无所获的失望让他比以往推迟了返航的时间，因为当他不经意抬起头的时候，他看到了初升的太阳。天空一片静谧，晴空如洗，橘红的朝阳如同被粘在黄色的地平线上一样正在徐徐地、静静地抽身出来。普罗瑟一路跟踪着，看着它缓缓地露相。出于一种训练有素的直觉，他的脑袋每三秒钟就抽动一下，但是，即便附近有一架德国战斗机，他似乎也不太可能发现它。他的整个视野中只有从海面上徐徐升起的太阳，它是那么的雄伟，那么的势不可当，充盈着乾坤之气。

终于，当那橘红的日轮正襟危坐在大陆架远方的波浪之上时，普罗瑟移开了视线。他再一次意识到危险的临近，他的黑色战机在明朗的晨空中格外醒目，如同来自北极圈的某种换季期正在脱毛的食肉动物一样惹眼。当他不断地倾斜机身，然后转弯，再倾斜机身，再转弯的时候，他瞥见了脚下一串长长的黑烟。那是一艘孤独的轮船，或许它已经陷入了困境。他迅速下降高度，飞向那些粼粼发光的细浪，直到他终于看清一艘粗笨的商船正在向西航行。可是那股黑烟没有了，似乎没有什么不对劲的地方；或许，那艘船正在添加燃料吧。

在2 400米的高空上，普罗瑟摆平机身，重新设定好返回基地的航线。在穿过英吉利海峡的半途中，他就像德国轰炸机机组成员一样开始放松，想象在汇报任务之后喝一杯热咖啡，吃几块培根三明治。这时，意想不到的事情发生了。他下降的速度太快，把太阳赶回到了地平线之下。他向东方眺望，看到太阳再一次升了起来——同一个太阳在同一个地方从同一片海面上升了起来！普罗瑟再一次放松了警惕静静地观看：那轮橘红的太阳、那条黄色的地平线、那地平线之外的大陆架、那静谧的天空，还有那清晨第二次破浪而出的太阳的飘然和轻盈。那是一幅他永远不会忘记的普通而又壮丽的景象。

I

你问我生命是什么？这就好比问我胡萝卜是什么。胡萝卜就是胡萝卜，除此之外，我们对它一无所知。

——契诃夫致奥尔加·科尼碧尔的信

1904年4月20日

换了别人，他们都会以为，回首九十年前的往事，那一定很不轻松。视野狭隘，他们会这样忖度，通过管子瞧世界罢了。可情况并非如此。有的时候，过去是手拿照相机拍下来的景象；有的时候，过去是一出戏，在雕着石膏装饰、垂着柔软幕布的拱顶戏台上不断上演着；有的时候，它只是从那沉寂的世纪袅娜而来的一段爱，那故事是那么感人，不可触摸，一切似是而非。还有的时候，过去只是从记忆中借来的一幅幅静止的图像。

和莱斯利舅舅相处时的那件事——这是她生命中第一件不同寻常的事——就像一张张幻灯片一样从眼前滑过。一段段发黄的记忆，向人们讲述着昔日的是是非非：那可爱的恶棍甚至留着胡须。那时的她只有七岁，时间是圣诞节，而莱斯利舅舅是她最喜欢的一个舅舅。第一张幻灯片投映的是他正俯下高大的身子送给她一件礼物。风信子，他低声耳语，并递给她一个颜色像饼干一样的花盆，上面罩着一张牛皮纸。把它放到烘柜里，等春天来了再看。可是她现在就想看。哦，它们还没出土呢！他怎么就知道？后来，莱斯利偷偷戳破了牛皮纸的一角让她往里瞧。真想不到哎！它们早已发芽了！

四个赭色的小不点探着头，约莫半英寸[1]高。莱斯利舅舅哼笑了一声，就是当大人们突然吃惊地发现孩子竟然懂得更多的那个时刻发出的那种不太情愿的笑声。不过，他还是向婕恩解释说，这更有理由说明，她应该等到春天来了再看，只要多照一点光，它们可就没有力气生长了。

她把风信子放到烘柜里，等待着下一次的新发现。她总是禁不住想到它们，好奇地想象着风信子长什么模样。现在请看第二张幻灯片。一月底，她打着手电筒来到洗手间，关上了灯，拿下花盆，又戳了一个小小的窥视孔，用手电筒对准花盆迅速往里瞟了一眼。那四个蓄势待发的小尖角还在，还是半英寸高。至少，她在圣诞节时透进去的那点光并没有伤害到它们。

二月底的时候，她又偷看了一遍，但是，很明显，生长的季节还没有到来。三个星期后，莱斯利舅舅在去打高尔夫球的途中来拜访。午饭的时候，他转过身来，仿佛肚子里盘算着什么，问她："喂，小婕恩，那些风信子还是圣诞节的风信子吗？"

"你告诉我不要看的。"

"对，对，我说过。"

三月底的时候，她又偷看了一次，然后是——也就是第五张到第十张幻灯片的内容——四月二号、五号、八号、九号、十号、十一号。十二号那天，妈妈同意她可以仔细观察一遍花盆。她们把《每日快报》放到厨房桌子上，小心翼翼地打开了牛皮纸。四个赭色的芽根本没有动静。萨金特太太显得有些不安了。

1　1英寸为2.54厘米，半英寸相当于1.27厘米。（本书出现注释，若无说明，皆为译者注。）

“我觉得应该扔掉它们，婕恩。”大人们总是往外扔东西，小孩喜欢把东西留着，这无疑是一个最大的差别。

“或许根还在长着呢。”婕恩开始用手去刨那紧紧围绕着芽尖的泥炭土。

“我可不会那样做。”妈妈说。可是已经晚了，婕恩一个挨着一个从土里挖出四个倒放着的木质高尔夫球座。

奇怪的是，这件事并没有让她失去对莱斯利舅舅的信任，而是让她失去了对风信子的信任。

回想过去，婕恩觉得她一定有自己的童年伙伴，可是她却想不起那个故意满脸邪笑的特殊知己，想不起在遍地橡果的游乐场玩跳绳的情景，想不起门顶石头上刻着难以辨认的铭文的乡村学校，也想不起是否曾在布满墨迹的桌洞里秘密传递纸条。或许，她曾经历过这一切，也或许根本没有。在记忆里，莱斯利舅舅就是个够格的朋友。他的头发卷曲，总是抹着头油，上身穿一件蓝色外套，胸前的口袋上还别着一枚军徽。他晓得如何用巧克力糖纸变出酒杯，每次去高尔夫俱乐部，他总会说：“去老果岭天堂遛遛。”莱斯利舅舅就是她要嫁的那种男人。

风信子事件之后不久，他开始带她去老果岭天堂玩。他们一到俱乐部，他就把她安置在停车场附近一个潮湿发霉的长凳上，并假装一脸严肃地吩咐她看好球杆。

“我去洗洗耳朵后面的发油，马上回来。”

二十分钟后，他们开始向第一个球座进发，莱斯利舅舅扛着球杆，鼻子里喷着一股啤酒气，而婕恩则扛着他的铁头球杆。这是莱斯利想出的一个试探运气的鬼主意——只要婕恩一直扛着那根铁头球杆，闪电就会被导走，而他的球就不会飞进沙坑。

“举好球杆，不要放下，”他会说，“不然就会沙尘乱飞，比戈壁沙漠大风天里的沙子还多。”她端端正正地扛着球杆，就像端着一把步枪一样。有一次，在上坡位15洞，她感到有些累，就把球杆拖在身后，偏离了球座位置，导致莱斯利舅舅的第二杆打偏，球径直飞到了14米之外的沙坑中去了。

“瞧你干的，”他说，不过他生气的时候几乎和高兴的时候差不多，“你得在19洞给我买一杯。”

莱斯利舅舅总是风趣地和她打隐语，而她则假装心领神会。高尔夫球场上只有18个洞，而且她也没有钱，这所有人都知道。但是，她会点点头，仿佛她一直就在给人买单，让他们来一杯——来一杯什么？等她长大后，必定会有人给她解释这隐语的，不过此时的她因为不懂而感到十分幸福。有的话她还是能够零零星星听懂一点的。如果球不听使唤，飞到了树丛里，莱斯利有时就会咕咕哝哝地说，“这一定是风信子那件事的报应”——这是他唯一一次提到他的那件圣诞节礼物。

不过，绝大多数时候，他的话是听不懂的。他们目标坚定地顺着球道往前走，他身上挎着包，里面塞满了簌簌作响的山核桃，而她则斜歪着胳膊擎着沙坑杆。莱斯利舅舅不允许婕恩说话——他已经解释过，闲谈会让他无法集中精力想下一杆的打法。不过，他允许自己讲话。他们大步走向远处那个亮闪闪的白色的东西，有时这东西只是一张糖纸而已。他会时不时地停下来，俯下身子，就着她的耳朵低声说一些他内心的秘密。在第5洞的时候，他告诉她西红柿能致癌，在日不落帝国太阳永远高照。在第10洞的时候，她得知未来的天下是轰炸机的天下，老墨索[1]或许算得上一个邪恶的意大利鬼子，但是他懂得如何审时度势。有一次他们在第12个短洞（这是史无前例的一个标准三杆球）前停了下来，莱斯利一脸严肃地解释道："还有，咱犹太人并不喜欢打高尔夫球。"

然后，他们朝着果岭左侧的沙坑走去，婕恩则喃喃地不断重复着这个她刚刚获知的真理。

她喜欢去老果岭天堂遛弯儿，因为她不知道会碰到什么料想不到的事情。有一次，莱斯利舅舅和往常一样去清洗了耳后的油，这次比以前都要彻底。随后，他在第4洞旁边的深草中撒了尿。他让她背过身去，可她还是听到了那哗哩哗啦的声音，尿声持续了很久，尿量惊人，这或许还意味着别的什么。她抬起胳膊肘偷偷瞟了一眼（那不算看），看到一股热气从没腰的深草中升腾起来。

接下来就是莱斯利的把戏了。在第9果岭和第10球座之间有一块地方，四周是新种植的银桦，中间有一个小木屋，就像一间给猛禽搭建的鸟舍。在这里，如果风向对的话，莱斯利舅舅就会亮一手他的把戏。他会从带皮革衬肘的粗花呢夹克胸前的口袋中掏出一支香烟来，放在膝盖上，像魔术师一样把手遮在上面，然后把烟放进嘴里，缓缓地朝婕恩神秘一笑，点着火柴。她坐在他的身旁，努力屏住呼吸，不要放屁。呼吸会搞砸戏法，莱斯利舅舅曾经告诉过她，放屁也是。

一两分钟之后，她会开始稍稍向两边瞟，小心翼翼地不做出突然的动作。香烟上积了一英寸厚的烟灰，莱斯利舅舅正在吸第二口烟。再看时，他的头微微后倾，半个烟头已经变成了烟灰。从这时

1　此处指墨索里尼。

起，莱斯利舅舅不再看她了，而是聚精会神，每吸一口烟，身子就慢慢往后斜靠一点。最后，他的头会和脊椎呈直角，而那烟头也只剩下了烟灰，留下半英寸长夹在他的指尖，轻烟缕缕飘向那巨大的鸟舍的屋顶。戏法成功了。

这时，他会伸出左手碰一下她的上臂，而她则会悄悄站起身，努力屏息以免让烟灰落在莱斯利那带皮革衬肘的夹克上，然后朝第10号球座走去。几分钟之后，莱斯利就会赶上她，脸上微微笑着。她从来不问他是怎样变魔法的，或许她觉得他不会告诉她的。

然后你就会听到一声高喊，通常都是在同一个地方，在通往第14号狗腿洞途中一片三角形山毛榉林后的空地上，那里潮湿阴郁，到处散发着树木的气味。每一次，莱斯利舅舅总是把他的右曲球发偏，因此他们不得不到人迹罕至的林子里去找球。这里的树干上苔藓斑斑，地上铺着一层厚厚的坚果。他们第一次到那里的时候发现了一段台阶，尽管一连几天天气干燥，但那台阶摸上去黏糊糊的。他们爬过台阶，继续在附近斜坡的草地上寻找。他们漫无目的地在草中踢来踢去，用球杆拨弄了一番之后，莱斯利低下头说：“要不咱们来喊上一嗓子？”

她朝他笑了笑。显然，在这种场合，喊上一嗓子是人们通常要做的。毕竟，找不到球是件沮丧的事。莱斯利进一步解释道：“当你喊尽全身力气之后，必须倒下去。这是规则。”

于是，他们便仰着头朝天大喊。莱斯利舅舅的嗓音深沉洪亮，像一列从隧道中呼啸而出的火车。婕恩尖锐的声音有些颤抖，不晓得什么时候用完气息。你得睁人眼睛喊——这仿佛是一条不成文的规矩——眼睛紧盯着天空，向它发出挑战，看它敢不敢回应你。然后，你吸上第二口气，接着高喊，这次要更加自信，持续时间更长。每当她换气的时候，莱斯利那火车轰鸣般的喊声愈发洪亮，震耳欲聋，但疲惫感会随之突然袭来，这时的你已经喊不出第二声，而是颓然倒地。她也无论如何会倒在地上，尽管按照规矩她不应该如此。疲惫就像一股退潮的江流迅速从她身体中流过。

几米开外的地方，莱斯利舅舅轰然倒地，然后他们齐齐抬头看着静谧的天空。在通往天堂的半途中，有几小朵云彩在缓缓蠕动，显得有点迟疑，仿佛被人用链子缚住了手脚似的。或许，就连这一小点挪动的自由也是由仰面朝天躺在地上大口喘气的这两个人赋予它们的。当然，尽情喘气也是规定好了的。

过了一会儿，她听到莱斯利的咳嗽声。

“我说，”他说，“我觉得我应该来一次自由落体运动。”然后，他们原路返回那覆满苔藓的台阶，穿过噼啪作响的山毛榉果，来到第14号洞那里。莱斯利舅舅朝四周打探了一下，没有发现敌情，便若无其事地用拇指把球座砸到球道上，把一个亮闪闪的新球放到上面，然后用二号球杆把它打到180米以外的果岭中去。婕恩心想，喊得筋疲力尽了还能打这么远。

只有莱斯利把球从球座上打偏了的时候，他们才去玩喊叫游戏，而这似乎总是在球场空着的时候才会发生。他们并不经常这样做，因为自第一次以后，婕恩得了百日咳。得百日咳算不上一个事件，但莱斯利舅舅的凑份子可算得上，或者说，莱斯利舅舅凑份子的结果算得上一次事件。

他来的时候，她正躺在床上。这已经是她生病的第四天了，喉咙里仍不时地发出一种奇怪的声音，好像在异地的天空中迷途的小鸟发出的鸣叫声。他坐在床边，身上穿着那件别有军徽的外套，身上散发出一股气味，好像刚刚洗过耳根。他没有问她感觉如何，而是小声咕哝道："你没有告诉他们我们玩喊叫游戏吧？"

她当然没有。

"不管怎样，只有你看到了，这是秘密。这是个美丽的秘密，我觉得。"

婕恩点点头，这是个十分美丽的秘密。不过，或许百日咳就是由喊叫引发的。她妈妈总是叮嘱她一定注意不要过度兴奋。或许，她是因为喊叫才过度兴奋的，所以才会得了百日咳。从莱斯利舅舅的表现看，仿佛一切都是他的错。当她像只惊慌的小鸟一样咳嗽时，他显得有点局促不安。

两天后，萨金特夫人把婕恩冬天穿的内衣内裤放到床边，又给了她一条厚裙子、一件冬衣、一条围巾和一条毛毯。她显得不太高兴，但也无能为力。

"可是，莱斯利舅舅刚凑了份子。"婕恩发现，莱斯利舅舅的份子还包括乘坐出租车，这是她第一次坐出租车。在他们去机场的路上，她尽量不显得太兴奋。车到亨登时，妈妈待在车里没有出来。婕恩拉着爸爸的手，而他则给她解释说，德·哈维兰飞机木质部分是用云杉做的。云杉木是一种非常坚硬的木头，他说，和飞机的金属部件一样坚硬，所以她不要担心。她根本没有担心过。

六十分钟观光伦敦，每小时整点出发。观光的客人有十来个，其中有两个小孩，他们浑身裹得像包裹一样严严实实，尽管现在还是八月。或许他们的舅舅也凑过份子吧。她爸爸坐在过道对面，当她斜着身子想从他身前过去看窗外的时候，他阻止了她：这次坐飞机的目的是治病，不是学习。整个飞行过程中，他一直瞪着前面的柳条座椅，紧紧抱着自己的膝盖。他看上去好像随时都会过度兴奋。当德·哈维兰飞机倾斜的时候，她看到了在圆鼓鼓的引擎和纵横交错的飞机支撑杆下方的建筑，可能是伦敦塔桥。她转向爸爸。

“嘘，”他说，“我正在集中精力思考怎样让你好起来。”

她再一次和莱斯利舅舅去尖叫是一年以后的事了。当然，他们又去了老果岭天堂。不过，莱斯利在14号狗腿洞前面打球的技能有了些许进步，也更精准了些。他的球技最终达到精湛是在第二年夏天的时候。当他从正面用球杆的顶端击球时，球杆发出尖锐的呼啸声，球似乎已经知道它应该往哪里飞。他们也知道应该往哪里去：一路穿过丛生的长草和潮湿的山毛榉林子，跨过黏滑的台阶，去到倾斜的草坪上。四周的空气暖暖的，他们高声尖叫着仰面朝天地倒在地上。婕恩扫视着天空，寻找飞机。她的眼球在眼眶里骨碌碌转动着，在视野的边缘搜寻。没有云彩，也没有飞机，仿佛莱斯利舅舅高喊一声就把天空清理得干干净净。天空中除了一片蔚蓝，什么也没有。

“我说，”莱斯利说，“我觉得我应该奖励自己一次自由落体运动。”在穿过林子的路上，他们没有去寻找高尔夫球，在返回时也没有去寻找。

他们第三次去尖叫的时候看到了一架飞机。当他们朝着天空高喊时，婕恩并没有注意到那飞机。但是当他们仰面躺倒，大口喘气，看着天上的云彩像系着链子一样上下跳动时，她察觉到远方传来的嗡嗡声。这声音太规则了，肯定不是昆虫发出的，仿佛近在咫尺，却又很遥远。飞机在两朵云彩间出现了，只一小会儿，声音也更大了，随即又消失，又出现，朝着天边缓缓地轰隆而去，直到与地齐平。她想到了那些圆鼓鼓的引擎和嗖嗖作响的支撑杆，还有像包裹一样被裹得严严实实的孩子。

“当林德伯格飞越太平洋的时候，”莱斯利在三十厘米开外说道，“他带了五块三明治，只吃了一个半。”

“其他的呢？”

“其他的什么？”

“剩下的三个半。”

莱斯利舅舅站起身，看上去若有所思。或许，她不应该说话，尽管他们并不在球道上。当他们在铺满山毛榉果的林子中窸窸窣窣地寻找高尔夫球的时候，他终于说话了。他嘀咕着，声音有点烦躁，“它们可能在三明治博物馆里”。

三明治博物馆，婕恩心想：有这样的东西吗？但是她知道不应该继续问下去了。当他们打到下面几个球洞时，莱斯利的心情好了点。在第十七个球洞那里，莱斯利迅速沿着球道扫视了一番，似乎心中又想到了什么鬼点子。

“咱们要不要玩抽鞋带的游戏？”

他从来都没有提到过这个游戏，但是她立即答应了。

莱斯利舅舅大大咧咧地一脚把球踢到了短草区。他们追上球的时候，他弯下腰脱下了棕白两色的鞋。他把松开的鞋带摆成一个十字放在鞋底内侧的中间，看着她点了点头。她也脱掉休闲鞋，照着他那样做。她看着他郑重其事却又略显滑稽地用脚趾在鞋里试探，然后把整个脚都伸了进去。她依然照做了。他挤了挤眼，像一个求婚者那样单腿跪地，拍了拍她的小腿，慢慢地从她柔软的左脚底下抽出了两根鞋带。婕恩咯咯笑了起来。这感觉很奇妙。开始的时候略有点痒，慢慢地，更加痒痒了，同时却伴有一股快感径直钻到了肚子里。她闭上眼，莱斯利舅舅挑逗般一拉，又把鞋带从她的右脚底抽了出来。闭上眼的时候，感觉更佳。

这次轮到他了。她伏在他的脚边，他的鞋子看起来非常硕大，从他的袜子上微微能闻出谷仓的气味。

“一次拉一根。”他轻声说。她从鞋带穿进鞋眼的地方握住第一根鞋带，拉了一下，鞋带纹丝不动。她又猛然拉了一下。他蠕动了一下脚，鞋带忽然松开了。

“不行，”他说，“太快了，穿回去。”

他弓起脚背，她把棕色的长鞋带穿进鞋子里去，放在潮湿的袜子和鞋底之间。她又缓缓地拉了一次，鞋带不紧不慢地从里面出来了，从头顶上的沉默，她可以判断，这次她做对了。她一根根地把剩下的三根鞋带都拉了出来。他拍了拍她的脑袋。

“我觉得这有点像用7号铁头球杆，是吧？把球打起来，回旋球，就是这样。”

“我们能再来一遍吗？”

“当然不能。”他面对着球说，一边用手腕晃动着球杆头一边趿拉着脚，仿佛鞋带还在鞋帮里面挤着，“我们得休息休息，充充电，对吧？”她点点头。他把球往前推了几厘米，让它停到一块苔藓更多的草地上，调整了一会儿步法，朝旗杆方向给了球干脆利索的一击，让球顺着球道往前走。“别忘了鞋带！”他回头朝她喊。她弯腰系上了鞋带。

不过后来他们还是玩抽鞋带游戏了，而且常常玩。他们并不是总在老果岭天堂玩，有的时候，他们会心血来潮在家里偷偷地玩。还是老规矩：莱斯利舅舅先把两根鞋带同时抽出，她第二个，一次抽一根鞋带。有一次，她试着自己玩这个游戏，但效果并不一样。她怀疑也许这游戏会让人生病。凡是美好的事物都会让人生病的。巧克力、蛋糕、无花果都会让人生病，尖叫会让人得百日咳。抽鞋带游戏会给人带来什么呢?

她一定会很快找到答案的。不过，在成长的过程中，她也会找到别的答案的，找到五花八门的问题的答案。怎样决定使用哪根高尔夫球杆?到底有没有三明治博物馆?为什么咱犹太人不喜欢打高尔夫球?爸爸在德·哈维兰飞机上到底是害怕还是在集中精力?老墨索怎么知道审时度势?食物从身体的另一端出来后为什么看上去大不相同?怎样吸烟可以不让烟灰掉落?天堂是否正如她所想，顺着烟囱往上就可以找到?还有，为什么水貂的求生欲极其强烈?

婕恩甚至不懂得最后一句话是什么意思，但是她最终会找到答案的，或许不久以后她就会知道答案。她之所以知道貂，是因为伊芙琳姨妈的印刷画。婕恩有两张画，都是多年前伊芙琳姨妈留给她的，说是早年的收藏，因此，这两张画就被来回换到家里不同的墙上挂着，最终它们被挂到了婕恩的屋子里。爸爸有点担心是否其中的一幅画不太合适，但是妈妈坚持认为，伊芙琳的画必须悬挂在一起。这只是一幅实事求是的画而已。

横着的那幅画里面有两个男人，他们站在不知道是哪个地方的森林里，穿着老式的衣服，戴着老式的帽子。长着胡须的那位拎着一只白鼬，他用手攥着鼬的后颈，另外一个男人没有胡须，倚着枪站着，脚边是一大堆死掉的白鼬。但其实那些不是白鼬，因为印刷画的标题是《捕猎水貂》，下面还配了一个故事，这个故事婕恩已经读了许多遍。

水貂不同于麝鼠和同属鼬类的黄鼠狼，它们没有后者狡猾，可以用任何工具轻易捕获。诱捕水貂的时候可以使用钢质的笼子或者箱子，但人们往往用一种叫作死亡陷阱的方式来捕捉水貂。诱捕水貂时可以使用任何动物的肉，不过人们常见的捕猎方式是在笼子里放上毛颈松鸡、野鸭、鸡、松鸦等禽鸟的头部作为诱饵。水貂的求生欲极其强，人们常常发现，被重达六十八公斤的竿子穿身而过后，掉到死亡陷阱里的水貂仍然活着。人们发现它时，它往往已经在竿子下面挣扎了将近二十四个小时。

“求生欲极其强”并不是她听不懂的唯一一句话。毛颈松鸡是什么？麝鼠又是什么？野鸭她是知道的；去年春天在第14号狗腿洞旁的山毛榉树林里她还见到了一对啁啾鸣叫的松鸦；每次她爸爸给顾客帮忙之后，他们周日的午餐就会吃鸡肉。这时，巴克斯特太太就会来家里帮妈妈拔鸡毛。五点多的时候，她还会打来电话要一个鸡腿，而妈妈总会用不透油的纸把鸡腿包起来。婕恩爸爸喜欢在切鸡的时候就巴克斯特太太的腿开玩笑。他的玩笑能够让女儿咯咯笑个不停，而妻子则一直噘着嘴。

“巴克斯特太太有没有要鸡头？”婕恩有一次问道。

“没有，宝贝，怎么了？”

“那你怎么处理它？”

“扔到垃圾桶里。”

“你不留下来卖给捕水貂的人吗？”

“你等着他们来要吧，孩子！”爸爸兴致勃勃地回答道，“等着他们来要。”

婕恩房间里的那张竖着的画上是一架靠着树的立梯，梯子的横隔木上印着几行字。最下面的字是“勤劳”，第二层是“克制”，尽管只能看到“兄制”[1]二字，因为有两笔被爬梯子的人的膝盖遮住了。剩下的字分别是“谨慎”“诚实”“节俭”“守时”“勇敢”，而印在最上面的两个字是“坚毅”。画的前方是一些等着爬树的人，树上挂着圣诞装饰球，球上还写了一些字，例如，“幸福”“荣誉”“上帝的恩赐”“为人诚善”。画面背景则是一些不想爬树的人，他们或在赌钱，或在行骗，或在押注，或在罢工，有的正在往一个叫作股票交易所的建筑里走。

婕恩明白这幅画的大致旨意，不过有的时候她会懵懵懂懂把画里的树当作在《圣经》里读到的智慧之树。攀爬智慧之树显然是不对的，而这棵树无疑是好的，尽管她还不能真正明白梯子上的所有词，也不明白梯子两侧竖板上的那两个词：一个是“道德”，一个是“诚实”。有的词她认为她懂得意思：“诚实”就是要把伊芙琳姨妈的两幅画挂在一起，就是不要在别人不注意的时候把球移到更好的位置上；“守时”就是上学不要迟到；“节俭”就是爸爸在商店和妈妈在家里的所作所为；“勇敢”——嗯——“勇敢”就是有胆量坐飞机。至于其他词，毫无疑问，她终有一天会明白的。

1　原文此处本来该为“TEMPERANCE”，中文“克制”的意思，因为被爬梯子人的膝盖挡住了最后两个字母，变成了不成词的“TEMPERAN”。

※※※

战争开始的时候婕恩十七岁，这件事让她感到如释重负。所有事情都不需要她来管了，她也不需要为此感到愧疚。在此之前的几年，父亲已经全权负责家里大大小小的政治要务，那毕竟是他作为一家之长的责任。他通常会从《每日快报》上给他们读新闻，每读一段都会停顿下来，解释无线电广播中的简报。婕恩常常觉得父亲像是一个小型家庭产业的主人，他正遭受一帮姓名怪异的外国人的威胁，他们用卑鄙的商业手段和不正当的竞价方式破坏了父亲的产业。母亲总是知道怎样恰当地作出回应，她懂得在听到不同名字，如“贝尼斯”“达拉第尔”和“利特维诺夫”的时候发表不同的意见，也懂得什么时候最好一脸茫然地摊开双手让父亲再从头到尾给她解释一遍。婕恩试图对此提起兴趣，但这就像一个很久以前就已经开始讲述的故事，一个甚至在她出生前就已经开始，因此她永远也无法完全把握的故事。一开始的时候，每当她听到那些用大卡车一车车偷走消化饼干和偷猎野鸡的邪恶的外国商人的名字时，她还保持沉默；但是，当沉默也不再安全的时候——沉默意味着漠不关心——她开始时不时地提问。这么做的问题在于，你怎么知道该问什么？她觉得似乎只有在你已经知道答案的时候才有资格提出一个真正正确的问题。可是，这样做的意义何在？有一次，她刚刚从无聊透顶的白日梦中醒来，就问父亲那个新上任的奥地利女总理安·施露丝是什么人。那是一个错误。

当然，战争是男人的事。男人们发动战争，男人们像校长一样磕着烟斗解释战争。女人们在伟大战争中做了些什么呢？亮出她们的白羽表示懦弱，用石头砸死达克斯狗，到法国当护士。她们先打发男人上战场，然后又给他们缝缝补补。这一次会不会有所不同？大概不会吧。

即便如此，婕恩隐隐约约感到，她不能理解这场欧洲危机正是它持续的部分原因。她为慕尼黑感到愧疚，她为苏台德感到愧疚，她为《苏德互不侵犯条约》感到愧疚。要是她能够记得该不该信任法国人就好了。是不是波兰比捷克斯洛伐克更重要？巴勒斯坦呢？巴勒斯坦是块沙漠中的土地，而犹太人都想到那里去。可不是嘛，至少证实这点让她相信莱斯利舅舅关于犹太人的说法是正确的——他们无论如何是不会喜欢打高尔夫球的。凡是喜欢高尔夫球的，没有一个人会决定住到沙漠里去。这就好比一直在沙坑外打高尔夫球一样。或许在那里，高尔夫球场上的球道都是用沙子做的，而沙坑都是长草的。

总而言之，当战争爆发时，婕恩感到如释重负。一切都是希特勒的错，和她没有任何关系。这战争至少说明，的确出了点什么事儿。战争也算得上是一件事。开始的时候，她就是这样想的。男人们应召入伍，母亲加入了妇女志愿服务队，而婕恩也最终被允许剪掉了她头上已经留了很多年的棕黄色粗辫子。父亲因为她剪掉辫子而感到惋惜，不过他相信，婕恩洗头发节省下来的水和香皂会对战争是个不小的贡献。当她剪下辫子的时候，他颇为伤感地向她要去了辫子，并把它放在盆栽棚里保存了几个星期，直到他妻子把辫子扔出去。

萨金特夫妇曾经私下里讨论过婕恩是否应该找一份工作，但是考虑到既然母亲已经加入了妇女志愿服务队，那么婕恩还是待在家里操持家务更好一些。“干得不错，闺女。”父亲眨了眨眼说。干得不错：可是她根本不知道自己在干什么，也丝毫不知道哪里做得够格。每当她看到父母的时候，他们表现出来的成熟老练让她感到畏惧。究竟还需要多长时间她才能那样成熟？

他们都各有主见，是非曲直都看得明白。她觉得自己只有经过别人的谆谆教导，告诉她事物之间的差别，她才能分清孰是孰非。她的想法总是摇摆不定，脆弱得不堪一击，和父母相比，她就是一只脆弱幼稚的小蝌蚪，而他们则像呱呱鸣叫的青蛙，不停地发表意见。至于她是否有自己的看法，要得到答案需要经历一个很复杂的过程。如果不首先用思想发现自己在想什么，你怎么可能形成自己的看法呢？就像一只不停转着圈追逐自己短尾的狗一样。一想到这个，婕恩就感到气馁。

关于成长的另一面就是你必须长得像某个人。他父亲在布赖登开了一家食品店，而他长得就像一个开食品店的人——他体形圆润但很匀称，他用有弹性的钢带把捋起来的袖子固定住，看上去似乎和蔼可亲，但同时保持着一种威严的距离感——他就是那种人，他总是知道一斤面粉就是一斤面粉而不是四百克，他不用看标签就知道饼干在哪个方形罐里放着，他可以把手紧紧地——真的非常紧——贴在飞速转动的切碎培根的机器上而不会伤着皮肤。

婕恩的母亲看上去也像某个人。她的鼻子尖尖的，蓝色的眼睛向外凸起。白天的时候，她穿着深绿色搭配着暗紫色的妇女志愿服务队的制服，并把头发向后盘起，扎成一个发髻，而晚上则披散着头发听父亲读报，并且知道该如何恰当提问。她曾经参与行动，支援战争，她搜集了成千上万的马口铁罐头，一连几个星期给军事伪装网缝缀彩色布块（“就像织一张大地毯一样，婕恩”），还帮忙给纸包打捆，在移动餐厅当义工，为扫雷工准备蔬菜篮。怪不得她很有主见，怪不得她长得很像某个人。

有的时候婕恩会盯着镜子，检查自己有没有变化的迹象，可是她的头发还是那么毫无生趣，直直地紧贴在头上，蓝色的瞳孔也由于那幼稚的雀斑而失去光泽。《每日快报》上曾经有一篇文章说，许多好莱坞电影明星之所以事业发达是因为他们的脸是心形的。唉，现在已经没有希望了，她的下巴太方了，棱角分明。怎样让她的脸的各部位看起来像长在一起的呢！哦，算了，就这样凑合吧，她对着镜子喃喃自语。有一次母亲发现她在对着镜子观察自己，于是告诉她：“你算不上漂亮，但是还行。”

我还行，她想。我父母认为我还行，可是别人也会这样认为吗？她会想念莱斯利舅舅。现在他们已经不允许她谈论他了，但她还是常常想到他；他一直是站在她这一边的。有一次他们在老果岭天堂沿着长长的第十号球道走着，她拿着沙坑杆摆好姿势后问他：“我长大了干什么好？”

这是个再自然不过的问题。他肯定会比她知道得多，这样想也是无可厚非的。莱斯利舅舅脚穿棕白双色的鞋，背上的高尔夫球杆微微碰撞轻响着。他用手捏着沙坑杆的一端，在她的肩膀左右晃来晃去，然后他把手放在她的颈背上，低声说道：“大有前途啊，小婕恩，大有前途。”

对婕恩来说，战争伊始非常平静，但很快就发展得如火如荼并且开始死人。她也开始对这场战争有了更深的理解——是谁想把父亲在生意场上打败，父亲身边那些变来变去的助手的名字是什么？

她对那些外国人阴险的诡计非常愤怒。她看到一根根肥胖的拇指，指甲盖脏兮兮的，正在把天平秤往下按。或许她也应该参军。但是父亲认为，她还是应该保持现状，这样利大于弊。“还是打点家务吧。”他说。

然后，战争给他们带来了汤米·普罗瑟。普罗瑟的出现绝对是个意外。那是一个星期二，部队临时驻户通知传了下来。星期三全家人抱怨了一天：房子太小，容不下三个人，更不用说四个。星期四的时候，汤米·普罗瑟来了。他身材矮小，体形偏瘦，身着皇家空军制服，涂了润发油的黑发顺着脑门垂下来，蓄有一小绺黑胡子。他腋窝下夹着一个公文包，用一根皮革带子捆了起来。婕恩开门的时候，他的眼珠滴溜溜转着，斜瞟了她几眼，然后把目光转移到别处。他对着墙笑了笑，像一个上级军官一样宣布道：“飞行员中士普罗瑟。”

“哦，对。他们说过。”

“真是感谢你们。”

他声音冷漠，看起来不善言辞。他操着一口北方话，声音听起来有些粗糙，仿佛一件粗布衬衫，让婕恩感到有些不适。

“哦，是的。妈妈五点钟回家。”

“到时我再回来，可以吗？”

“我不知道。”她为什么一无所知？他将要和他们住在一起了，所以，她理应请他进去。可是她没有这样做，究竟是为什么？是不是需要给他倒杯茶或做其他什么？

“没关系，我五点钟再来。”他看了看她，眼睛瞟向别处，对着墙笑了笑，然后沿着小路走开了。透过厨房的窗户，婕恩看到他坐在马路边上，眼睛盯着他的公文包。四点钟的时候，天下起了雨，于是她请他进了屋。

他是从西莫灵被派驻到这里的。不，他不知道要待多长时间。不，他没法告诉她为什么。不，不是喷火式战斗机，不是飓风式战斗机。哎呀，她已经开始问不该问的了。她向楼梯指了指，告诉他，他的房间所在。她不能确定如果不陪他去房间看看或者不作出这样的表示是不是有些失礼。除了他的名字，他没有主动说出任何信息，也没有提出任何问题，没有作出任何评论。房间被收拾得焕然一新，清香扑鼻，可是就连这个，他也什么都没有说。他们把储物室留给了他。当然，他们没有时间装点房间，不过他们把伊芙琳姨妈的画挂在了墙上。

大部分时间他都待在屋子里，但会准时露面吃饭，及时回答父亲的问题。两个男人同处一个屋檐之下，这真是有些尴尬。开始的时候父亲还尊称他为普罗瑟飞行员中士，怀着崇敬之情小心翼翼地询问他关于空军飞行员的生活。每当提到“德国鬼子”的时候，他语气中总是充满同仇敌忾的同志情谊，还时不时开玩笑，让母亲“给我们的平流层英雄再添点饭”。但是，普罗瑟回答父亲的问题似乎话不投机。母亲添饭的时候，他会爽快地接受下来，却不知道向她礼貌地道谢，这显然是母亲没预料到的。还有，尽管他会自告奋勇地帮助母亲把遮光帘放下来，但是一谈到北非战略，却显得极不情愿。很显然，婕恩看得出，普罗瑟让父亲大失所望。他显然也清楚这点，只是他不介意。或许他们只是没有问对问题而已，或许向驾驶飓风式战斗机的英雄提问需要别出心裁，也或许这个国家的另一个地区——兰开夏郡的某个地方，在布莱克本附近，他说，或许那个地方的人们待人接物就是有所不同。

有的时候，如果就他们俩在房间里，普罗瑟就会来到楼下，斜倚着厨房的门看着她熨衣服，烤面包，磨刀具。开始的时候，她还感到不自在，再往后稍稍好了些。干活的时候有个旁观者看着，这让她感受到了自己的重要性。不过，父母不在家的时候和他谈话并不会更轻松。他并不是所有的问题都回答。有的时候，他好像浑身长了刺；也有的时候他只是扭过头去笑一笑，好像想起了某个她根本不懂的空中飞行动作。

有一天，她正在清扫炉具，他郁郁寡欢地宣布道："我被禁飞了，你知道吗？"

她抬起头，看了看他，但是未等她作出回答，他便继续说道："我以前叫日出，日出普罗瑟。"

"哦。"这仿佛是最安全的回答。说完，她又回到炉子边，把棕色的炉灶膏抹在炉子的内侧。普罗瑟咚咚咚地回到了他的房间。

接下来几周的时间，房子里的气氛非常尴尬。就好像在进行一场虚张声势的战争，婕恩心想，只不过直到战争结束时，也不会有任何冲突。的确没有任何冲突发生。父亲渐渐地开始只向母亲倾诉关于战争的看法，有的时候他也会向婕恩暗示，和某个人同住一个屋檐下并不意味着要和他搞好关系，只要相互彬彬有礼就可以了。

※※※

一天下午四点钟的时候，汤米·普罗瑟从楼上走了下来。婕恩正在泡茶。

“想吃点什么吗？”她问道，只是她还是不太清楚关于部队临时驻户的规定。

“一块一切安全三明治怎么样？”

“你说什么？”

“从来没听说过一切安全三明治吗？你周围到处摆着必需的原材料呢！”她摇了摇头。“你**把茶摇匀**，我马上做一块。”

在一阵乒乒乓乓的开门关门声和他背对着她吹响的口哨声之后，普罗瑟用盘子端上了两块三明治。面包片参差不齐，看上去似乎不是一个有经验的人切出来的。婕恩必须承认，在她尝过的三明治中，没有一个比这个更差了。她尽量不动声色地表示鼓励。

“为什么我的三明治上面有一些蒲公英叶子？”

“因为这是块一切安全三明治。”普罗瑟朝她咧嘴笑了笑，又立即把目光移开了。“鱼酱、人造黄油和蒲公英叶子。当然这个地方的蒲公英叶子质量不够好，你要是不喜欢，可以把它送回到厨房去。”

“挺……好的，我觉得我会慢慢喜欢吃的。”

“我相信我会重飞的。”他回答说，好像在接续笑话的另一半。

“哦，我敢肯定你会的。”

“我一定会的。”他突然带着一种揶揄的口气重复道，仿佛他暗中所想的是打她一耳光。糟糕！婕恩感到自己很愚蠢，羞愧难当。她低下头来，看着盘子。沉默。

“你知道吗，”她说，“林德伯格第一次飞越大西洋的时候，随身带了五块三明治。”

普罗瑟哼了一声。

“而且他只吃了一块半。”

普罗瑟又哼了一声，声音中听不出有丝毫兴趣。他接着问道：“剩下的怎么样了？”

“我也一直想知道呢！或许那些三明治被收藏到了某个地方的一个三明治博物馆里。”

又是一阵沉默。婕恩感到她浪费了这个故事。这是她最精彩的一个故事，可是现在她已经把它浪费掉了。她再也不可能给他讲这个故事了。她应该留着这个故事，等到他心情好的时候再讲。这都是她的错。沉默持续着……

“我猜你知道林德伯格的飞机在哪里，”最后，她用明亮的嗓音问道，仿佛曾经专修过对话培训班似的，“我的意思是，那架飞机一定在某个博物馆里。”

“那不叫飞机，”普罗瑟说道，“从来就不叫飞机，而叫飞行器。飞行器，记住了吗？”

“对。”她回答。他应该扇她一耳光。飞行器，飞行器，飞行器。

最后普罗瑟咳嗽了一小声，那声音暗示，他已经不再愤怒或者羞愧，而开始转向表达其他的情绪。

“我来给你讲一件我经历过的最美好的事。”他的声音听起来很紧张，几乎有点迫不及待。婕恩继续低着头，但心中暗自希望他能够给她作出某种诙谐的回应。她还没有吃掉剩下的那块三明治。

“那时我正执行夜间飞行任务。那是一个夏天——六月份的时候。我把飞行帽挂在脖子后飞行，四周一片漆黑、寂静，你能想到的那种寂静。”婕恩抬起了头。“就是……”他停了一下，“你不知道夜视吧？”这次他的语气缓和了一点。她不懂没关系的，这和把飞行器叫作飞机是两码事。

“你们吃的都是胡萝卜吧！”她说这话的时候听到了他的笑声。

“是的。有的时候人们就这样称呼我们——吃胡萝卜的。不过真的，这和胡萝卜没任何关系。这是通过技术实现的，靠的是飞机仪表盘上的灯。这些灯必须是红色的。通常仪表盘上的灯是绿色和白色的，但是白色和绿色会毁掉你的夜视能力。你什么也看不见。那些灯必须是红色的，红色是唯一管用的颜色。”

“是啊，你看，上面全是黑色和红色——夜空是黑色的，飞机是黑色的，而驾驶舱里面则是一片红色——甚至把你的脸和手全部映成红色，甚至能够看到窗外红色的尾气。你自个儿待在那里，这个倒是不错。一个人起飞，孤身前往法国，而此时他们的轰炸机刚刚执行完任务归来，刚刚轰炸了我们。你呢，就在他们的机场上面盘旋，如果刚好有两个临近的机场，就在它们之间穿梭往返。你等着降落信号灯亮起来，或者从导航灯上面收到什么信号。通常是亨克尔或者道尼尔轰炸机，也可能是古怪的福克-沃尔夫。”

“你能做的就是，”普罗瑟略微笑了一声，“当这些战斗机进近[1]的时候，它们往往会先做个五边飞行，就像这样——下降、进近、顺着跑道飞行，飞左五边，总是左五边，然后再次进近，最后降落。”普罗瑟用右臂画出了德国轰炸机的飞行路线。“你能做

1 指飞机下降，对准跑道飞行的过程。

的就是，如果你不在乎丢不丢脸，可以同时进近。在对方飞行员做左五边飞行的时候，你就得做右五边飞行。”普罗瑟用另一只胳膊画出了飓风式战斗机的飞行路线。“然后，等他一做完五边飞行，放下襟翼，保持在失速速度的临界点上，思考如何完成最后一次转弯安全降落的时候，你已经做完五边飞行了。”普罗瑟的双手在空中画了两条曲线，然后面对面停了下来，手指模仿近距离开火的模样。“砰！瓮中之鳖。出其不意。那些混蛋们还以为他们已经安全回家了。偷猎，我们就这么叫它。偷猎。”

对于他向她倾诉关于飞行的事，婕恩感到受宠若惊，但是她并没有告诉他。对于偷猎，她感到不公，以及同样没说出口的想法，即便亨克尔轰炸机满载的是从伦敦、考文垂什么地方进行轰炸返回的黑心奸商，她并不赞成偷猎，因为她曾经和伊芙琳姨妈的水貂捕猎画相伴。那幅画挂在普罗瑟的房间里再合适不过了。亨克尔轰炸机是否也有着极其强烈的求生欲呢？

“如果你击落一架，就赶紧撤，要是还在附近逗留，那可有好看的。不管怎样，你只有大约二十分钟时间。”普罗瑟的故事似乎要结束了，不过他忽然好像记起了他想说但没有说的话。“总之，有一天晚上，我正在无所事事地像往常那样飞越海峡，飞行在大约5 500米的高空上。我已经好久没有闻到猎物的味道了，一无所获。我离开海峡的时候一定是比平常晚了点，因为天已经开始发亮了。或许黑夜的时间仍然在缩短。”

“总之，我驾着战斗机顺着海峡望去，太阳正在冉冉升起。这一天的早晨和其他早晨一样……呃，很难用语言描述那幅景象，除非你亲自驾驶飞机在空中飞行过。”

“我曾经因为治疗百日咳乘坐过一架德·哈维兰飞机，”婕恩不无自豪地说，“不过那是很久以前的事儿了，我那时候才八九岁。”

普罗瑟毫不介意被打断。“晴空如洗，干净到无法用语言描述。天空中没有一丝云，也闻不到清晨的空气味，巨大无比的橘红色太阳就这样冉冉升起来了。我望了它一会儿，太阳就那样悬在空中，像一个巨大的橘子一样浮在海面上，陶醉于自我。”

“我当时太高兴了，如果有一架109跟踪在后面，可能都不会注意到。我就这样一边驾驶着飞机，一边凝视着太阳。我看了个够，天上什么都没有，只有我和太阳。没有一丝云彩，而身下就是海峡。海面上有一艘船，一点点大，船上冒着浓浓的烟。我检查了一下油量，降低飞行高度去查看那艘冒烟的船，原来是一艘商船。”普罗瑟一边回忆一边眯缝起眼睛。“我猜那是一艘万吨级的船。不过，一切都正常。那艘船可能正好在添加燃料。于是我向基地折返飞行。我的飞行高度已经下降了大概一半，到了2 400米到2 700米之间。你猜猜这时候发生了什么？我快速下降，刚才的景色又出现了一遍。那轮巨大的橘红色太阳又在地平线上蠢蠢欲动，准备喷薄而出。我不敢相信自己的眼睛。居然又发生了一遍，就像倒着播放胶片一样。如果还有第三次，我会以零高度贴着海面飞行返回基地，不过我还不想葬身大海，不愿意这么急匆匆地加入潜水艇兄弟们。”

“听起来好奇妙啊！”婕恩不知道她是不是应该继续问下去，这有点像和莱斯利舅舅一起去老果岭天堂那样，“你……你还怀念什么？”

“哦，我并不怀念那次日出，”他回答道，语气颇有点粗鲁，

“我不会怀念那次日出的。重新目睹一次也没有什么前途可言。不过，那的确是一场奇迹，是吧？既然已经目睹奇迹，你可不想返回去重新目睹一次，不是吗？我在合适的时刻见证了奇迹，这已经令我非常满意了。‘我看到太阳升起来两次。’我会对别人说。‘哦，是的，留着另一半给你自己吧。’于是他们都叫我日出普罗瑟。有些人会一直这么叫我，直到我们被派遣了不同的任务离开彼此。”

他站起身，连问都没有问便狼吞虎咽地把她盘子里的三明治塞进了肚子。“既然你想知道，”他强调，“我怀念的是消灭德国佬。太好玩了，你对他们穷追不舍，把他们逼到最低高度无法跳伞却又不得不跳。这给了我无比的满足感。”普罗瑟好像故意显得冷酷无情。“有一次我和一架109战斗机在英吉利海峡上空发生了对峙，那家伙随时可能会向我迫近，不过我们势均力敌。我们纠缠了好一阵子，但谁都无法靠近对方揩油。过了一会儿，飞行员抽身离开，晃动着机翼转身飞向基地。如果他没有晃动机翼我倒还不介意什么。可是，你以为你是谁啊！身披盔甲的浴血骑士？还是在跟我套近乎，拉关系？”

“我提升了一点高度。这时已没有阳光可以利用，不过我想他没有料想到我会追踪他。我想，他会以为我会像一个老伙计一样回家去，美美地吃一顿，然后打一场高尔夫球。我渐渐地向他逼近，或许他正在节油飞行。而我呢，就像一列货运火车一样上下颠簸着飞行，直到跟他对齐瞄准。我觉得我应该给了他大约八秒钟时间。我看到他机翼上有碎片四散飞开，但没有把他击落，这有点可惜。不过我想，至少他知道我是怎样看待他了。”

日出普罗瑟转过身，咚咚咚地走出了房间。婕恩从牙缝里剔出一片蒲公英叶子咀嚼起来。没错，尝起来很酸。

打那以后，普罗瑟常常走下楼来和她聊天。她总是一边忙着自己的活儿一边听他斜靠在门柱上说话。这让他们两人都略微感到轻松一些。

有一次，她正蹲在壁炉架旁把《每日快报》卷起来点火，这时他开口了："有一次，我在伊斯特利观察一架贼鸥起飞。当时的风有点大，但还不至于停飞。你可能不太明白，那架贼鸥正在用机尾向下的技术起飞，看起来稍微有点奇怪。我当时想，我倒要看它怎样起飞，找点乐子或者啥。那飞机呢，就那样沿着跑道急速滑行，眼看到了起飞速度，却在倏的一下蹿到天上时，头朝下栽了下去。那样子倒也不算糟糕，只是头朝下而已。我们几个穿过停机坪飞奔过去，准备把战友们拖出来。还在半路上的时候，我们看见跑道上有什么东西，原来是飞行员的头。"普罗瑟看了看婕恩，但她依旧背对着他继续叠报纸。"我们又走近了一点，发现了另一颗头。这一定是在贼鸥翻转过来的时候发生的。断头的地方伤口齐刷刷的，你简直不敢相信。和我在一起的另外一个家伙无法控制自己的情绪。他是个威尔士人，总是絮絮叨叨，说个不停。'就像蒲公英一样，是吧，日出普罗瑟？'有一次他和我说，'你边走边用一根棍子或其他东西对着一排蒲公英花籽狂挥猛扫，心想，要是我够聪明的话，可以把它们全部扫落，让花籽飘落下来而不搅乱羽状花叶。'他就是这样想的。"

"那些令人难以释怀的事，往往并不是你真正所期待的。我曾经有几个朋友就在离我几米远的地方被击落。我看着他们的身体急速旋转，我通过远程终端向他们喊话。我知道，他们没有逃生的可能，但还是一路跟踪着他们，看着他们离去。我心想，我希望轮到自己的时候，也有人像这样给我送行。彼时彼刻，那样的场景令你震撼，事后很久依然会历历在目，但这并不能让你无法释怀。让你无法忘掉的是他妈的没有尊严的地方。对不起。我会体会这一切的，你想，有的时候你对这个想法几乎见怪不怪了；不过，你还是想以自己的方式吸收这一切。这不应该是紧要的事，可情况并非如此，它到底还是紧要的，非常紧要。”

“我曾经听说过布罗米奇堡的一个倒霉蛋的故事。他当时正在试飞一架喷火式战斗机。他起飞后把机头抬起开始全力爬升。当他上升到4 500米的时候飞机出现了故障，头朝下原路栽了下来，从4 500米的高度径直栽到起飞的停机坪上。急救人员不得不在地上挖出一个很大的坑寻找他的遗骸并进行检查，以防这是一起因为氧气供应中的一氧化碳导致的事故。他们要把一切能找到的都搜集起来交给有关部门进行分析。最后他被装进了一个糖果蜜罐里送走了。”他停顿了一下说，“这就是事关紧要的地方。”

婕恩不能完全体会他的恐惧。蒲公英花籽、糖果蜜罐——这当然听起来没有什么尊严可言。或许是因为这听起来平淡无奇，不够华丽雄伟。不过，被敌人击落，栽倒在山坡上或者在驾驶舱里被活活烧死，也不是什么华丽或尊贵的事情。或许她太年轻了，无法理解死亡和关于死亡的种种迷信的说法。

“那……怎样才能最快地体会这一切？”

“我一直在思考这个问题，一直在思考。战争开始的时候，我觉得多佛海峡就在附近，那里有阳光、海鸥，古老的白垩石悬崖在蓝天下熠熠生辉……这些都是货真价实的享受，如同薇拉·琳恩[1]就在眼前。总之，我当时想，弹尽油绝的时候，我就会去那里，然后突然有一群亨克尔轰炸机冒出来，就像一大群苍蝇一样。然后，我就开始拦截，一头扎到它们中间。它们的机身就像一个滤盆，我不能坚持太久，因此我会挑选轰炸机群的头机，以此展开进攻，朝头机径直扑过去，撞上它的尾部。然后我们会一起坠落，这太浪漫了！”

“听起来非常勇敢。”

“不，不是勇敢，而是太愚蠢，还很浪费。敌我都损失一架飞机，这个比例不合算。”

“那现在你会怎么做呢？”婕恩甚至对自己的问题感到吃惊。

“哦，现在嘛……我会更实际一些，而且会更浪费一点。我会像1939年或1940年很多飞行员那样——尤其是年轻飞行员那样开展行动。

“你发现这是最滑稽的一件事。没有经验，就不会进步，可是在你获取经验的时候，你极有可能被击落。每次行动结束的时候，你可能再也见不到的总是那些最年轻的伙计。只要战争继续，在一个连队里，年老的总是越来越年老，年轻的总是越来越年轻。然后一些年老的被撤换下来，因为他们太重要了，不能轻易损失。而你呢，会发现最终你得到的经验还没有初入伍时多。

“总之，想象一下你在高空中，在非常高的地方。当超过7 500米的时候，那就是一个完全不同的世界了。首先空气很冷，飞机难以控制，爬升的速度很慢，会在天空中四处飘移。这是因为空气非

1 英国的二战歌后，被称为“战地甜心”。她用自己的歌声试图将“在家”的女孩们和他们在海外作战的恋人们联系起来。

常稀薄、不足以让螺旋桨抓住的缘故。你试图控制住一切，但似乎所有东西都在飘移。然后飞机的有机玻璃上开始蒙上一层雾，让你看不清周围。

“你没有执行过多少次任务，还有点害怕，可这时你已经在爬升了。你径直朝着太阳爬升，因为你觉得那里是安全的。高空中比平时明亮很多。你举起手放在面前，慢慢地张开手指，从指缝中斜视太阳。你继续爬升，从指缝间凝视太阳。你发现，你离它越近，越感到发冷。这本应是你该担心的事情，但是你并不担心。你之所以不担心，是因为你感到幸福。

“你感到幸福的原因是你的氧气有一点泄漏。你并不怀疑什么地方出了错；你的反应变得迟钝，但是你觉得一切正常。然后你开始变得有点虚弱，你本来应该四处张望，但是你却不能随意移动自己的头部。你并没有感到痛苦——现在你甚至不感到寒冷。你不再想杀戮了——这种感觉随着氧气的泄漏而逐渐消弭。你真的感到幸福。

“接下来发生的是下面两种情形之一：飞机突然抖动一下，呼的一声喷出火来，你忽然失速109海里，在空中炸成火花，消失得干净又漂亮；或者什么也没有发生，你接着穿过蓝色的稀薄空气往上爬升，同时透过指缝凝视着太阳，而此时有机玻璃上结了一层厚霜，但里面却是温暖的，你浑身上下被一股幸福感包围着，脑子里没有一丝杂念，这时你的手忽然在胸前垂下来，你甚至还没有意识到这一切就已经完蛋了……”

该怎么回应这个问题呢？婕恩心想。你不能喊“别这样做！”，因为这听起来好像日出普罗瑟正坐在栏杆上准备自杀。你也不能说这一切听起来很勇敢，很美丽，即便你就是这样感觉的。你只能等着他继续往下说。

“有的时候我觉得他们不应该让我回来继续飞行。我可以想象这一天的到来。也就是我受够了的时候。当然，你必须在海面上重来一遍，否则你会降落到某人的私有土地上，或许会影响到他们垦荒备战。”

“那样是不行的。”

“是的，那样根本不行。”

“然而……然而你还没有受够。”婕恩本来想这样回答，想要提出一个温柔的问题，可是话到了嗓子眼的时候她慌张了，结果听上去颐指气使，有一种确凿无疑的口气。普罗瑟回答的语气也随之更硬了些。

“嗯，你听得够仔细的，我的小姐，可是你一点都不懂，一点都不懂。”

“至少我晓得我不知道。”婕恩说道，连她自己都对这样的回答感到吃惊。他也同样感到吃惊，因为他的语气立刻变得刻薄起来。他仿佛在做白日梦，神情恍惚地继续说道：

“在高空中的确是不一样的，你知道吗？我的意思是说，如果你像我一样飞了无数遍，你会发现，你能够在一分钟之内让自己忽然完全失明。我猜，这样做是需要胆量的——你神经紧绷了很长时间，此时如果稍微放松一下，感觉就像过了很久很久。如果你想听到一些好玩的故事，可以去问问那些驾驶水上飞机的家伙。”

她是想听好玩的故事吗？如果它们是一些关于糖果蜜罐和蒲公英花籽的故事，她可没有什么兴趣。可是日出普罗瑟没有给她回答

“不”的机会。

“我的一个好伙伴，他驾驶的是卡特琳娜飞机。他们执行任务的时候会一口气飞行二十到二十二个小时。他们会在午夜的时候起床，吃早饭，凌晨两点起飞，直到夜里八九点钟还不回来。他们在同样的海面上连续好几个小时不间断地飞行，这就是他们的感觉。就连方向盘都不需要控制，大部分时间交给自动驾驶。你的眼睛只是盯着海面寻找潜水艇，等待着什么事情发生。可是就在这个时候，你的眼睛开始耍花招了。我的这个好伙伴告诉我，他有一次在大西洋执行任务，一切风平浪静，可是他却忽然向后拉操纵杆，他感觉前方有一座山。”

“或许是因为云彩看起来像山吧？”

“不是的。等飞机恢复水平状态后，他们都责怪他暴露了他们的秘密行动。他四处仔细端详一番，却什么也没有发现，天空中连一丝云都没有，清澈无比……我的另一个朋友告诉我，他的经历更加离奇。你猜怎么着？有一次他在离爱尔兰西海岸七百多公里远的地方飞行，在向前飞的时候，他往身下俯瞰了一眼，你猜他看见了什么？他看见一个家伙骑着摩托车，就好像星期六下午一样无所事事地往前骑。”

“在空中骑车？”

“当然不是了，别那么傻。你不可能在空中骑车的。不，他在海浪上沿着直线往前骑，还很注意遵守交通规则。他戴着眼镜，套着防护皮手套，身后还冒着摩托车尾气。他看上去快活无比。”

婕恩咯咯地笑出声来：“在水上骑摩托车，就像耶稣一样？”

“不，不，请不要误会，”普罗瑟表示反对，“我不是那个意思，在那些即将领悟神意的人面前不要说亵渎神灵的话。”

“对不起。”

“我接受你的道歉。”

※※※

“你是谁？”

“我是警察。”

“你真的是警察？”

“是的。”

“真的是真的？可你看起来不像警察。”

“我们必须是伪装大师，小姐。”

“可是如果你装得太好，就不会有人知道你是警察。”

“你还是能看出来的。”

“我怎么能知道你是警察？”

“你过来一点，我证明给你看。”

说这话的时候他站在涂了杂酚油的大门旁，门的顶端雕着日出的景观，而她则走在水泥路上，正准备去摸一摸晾着的衣物。他身材魁梧，满脸赘肉，脖子却像一个小学生一般细长。他尴尬地站在那里，棕色的大衣上印着人字形平行花纹，一直垂到脚踝边。

“看我的脚。”他指着下面说道。她向下看去。不，这双脚并不是那种扁平而硕大无比的脚，实际上它们非常小。不过这双脚有些异样……是不是方向反了？是的，就是这样——他的两只脚都朝向外侧。

“你是不是把鞋子穿反了？”她问道。这个问题显然是多余的。

“当然没有，小姐。每个警察的脚都是这样的。按规定就是这样的。”她几乎完全相信了他的话。“很多新来的警察必须参加行动。”他补充道，那声音好像在谈论阴暗潮湿的地牢。现在她又不相信他了。她笑了起来。他动作夸张地把罩在身上的大衣下的双腿分开，把双脚摆顺方向。她笑得更厉害了。

“你是来逮捕我的吗？”

“我是来检查防空袭遮光帘的。”

回想起来，她觉得这样和丈夫第一次认识有些古怪。不过比起一些人来算不上多古怪，她猜想。如果和其他夫妇的邂逅相比，这样见面的方式还很新鲜。

他回去之后又打来电话询问遮光帘的情况，而第三次见面是他刚好路过。

“你想不想到酒吧里喝一杯茶然后出去散步然后兜风然后去见见我父母？”

她笑了。“但愿你说的那一堆我妈妈都同意。”

他的那一堆提议中包括经常出去约会。她发现他的眼睛是棕黑色的，他身材高大，心思有点不可捉摸，但总的来说，她对他高大的身材印象深刻。他发现她小心谨慎，却对他深信不疑，而且没有一点儿心机，简直真诚得过了头。

“你不能在里面加点糖吗？”她尝了一口自己的第一杯混味啤酒后问道。

“对不起，”他回答道，“我全给忘了。我去给你要点别的。”第二次的时候他又给她点了一杯混味啤酒，然后递给她一卷纸。她把糖洒到啤酒里，看着啤酒从酒杯里滋滋地冒出来，于是尖叫起来。啤酒朝她涌过去，令她不得不从凳子上跳起来。

“这样很好玩，从未失手，是吧，先生？”酒吧老板边擦着吧台边说。迈克尔笑了笑。婕恩有点难为情。他会觉得她很傻，是吧？酒吧老板也一定会觉得她很傻。

“你知道林德伯格飞越大西洋的时候带了多少块三明治吗？”

她突如其来的问题和散发着权威的语气让他吃惊。或许只是一个智力题吧！一定是这样的。因此，他回答道：“我不知道，林德伯格飞越大西洋的时候到底带了多少块三明治呢？”

“五块，”她用强调的语气说，“但是他只吃了一块半。”

“噢。”这是他能够想到的唯一的回答。

“你知道他为什么只吃了一块半吗？”她问道。

或许这就是一个智力题。“我不知道。他为什么只吃了一块半呢？”

“我不知道。”

“噢。”

“我以为你知道答案呢。”她略带失望地说。

“他只吃了一块半，或许是因为三明治是空军产品，全部变质了。”他们两个都笑出声来，主要是感激这场谈话并没有完全冷场。

很快，婕恩觉得她爱他。她必须爱他，不是吗？她满脑子想的都是他。无论是醒着还是睡着，她脑子里总是充满奇思怪想。她喜欢端详他的脸庞，他的面部肌肉丰满，显得意趣盎然而又聪慧机智，一点都不像她刚开始想象的那样有种满脸赘肉的感觉。他脸颊上红润的肉块显得很有性格。她略微有点害怕惹他不快。她断定，他就是那种会照顾她的男人。如果这不是爱，那什么是爱呢？

一天夜晚，他送她回家的时候，天空静谧高远，空中没有一丝云彩，也没有飞机。他用一种说不清是哪个地方的美国口音轻声哼唱起来，仿佛一个国际民谣歌手在自言自语：

正面朝上，我们就结婚，亲爱的，

反面朝上，我们就游天下；

现在掷出头朝上，赶紧把消息告大家……

然后，他只是哼着曲子，不再唱词，而她则在想象中不断地重复歌词。就这样，他们哼唱着回到了涂了杂酚油的大门旁。在这里，婕恩的身体紧紧地贴住他的大衣领子，然后她猛地挣脱跑回屋去。或许这只是逗笑而已，就像莱斯利舅舅的玩笑一样。她自己轻声哼唱着曲子以观察他的反应，但是没有什么作用。这只不过是一首动听的曲子而已。

第二天夜里，当他们来到巷子里的同一个地点时，夜色如以往那样温柔，但是她却觉得自己已经气喘吁吁了。迈克尔并没有停下来，而是一边大步行走，一边继续哼唱着歌词里的故事。

正面朝上，我们就生六个小宝宝；

反面朝上，我们就养一只小乖猫；

现在正面朝上放，你说碰巧不碰巧……

她不知道该说什么，她的思维有些混乱了。

“迈克尔，我有个问题想问你。”

“嗯？”他们两个都停下了脚步。

“你那天来我家的时候，防空袭遮光帘并没有问题，是不是？”

“是的。”

“我就觉得没有问题嘛！而你却给我讲了一堆关于警察的脚如何特别的鬼话。”

“我认罪。”

“而且，你没有告诉我你没有在啤酒里放糖。”

“是的，小姐。”

“我为什么要嫁给像你这样的一个人？”

她停下脚步，他一面想着如何回答这个问题，一面用手揽住她的胳膊。“可是，要是我来到你家告诉你，你家的遮光帘大小正合适，再顺便告诉你，我的脚朝向没错，你还是否想察看一下我的脚，你恐怕再也不想看我第二眼了。”

“很有可能。”他双手搂着她。“既然我们这样开诚布公，我还有别的事要问问你。”他往前挪了一下，好像准备亲吻她。但是她继续打破砂锅问到底。她的问题只不过是孩童时代的一个问题，但是她隐隐地感到，在她的成年生活开始之前，这些问题必须被解决。“水貂的求生欲为什么特别强烈？”

“这又是一个智力题吗？”

“不是，我只是想知道答案。”

“水貂的求生欲为什么特别强烈？真是个奇怪的问题！”他们继续往前走，而他则猜想她是不愿意被亲吻。“水貂是一种肮脏、凶恶的小动物。”他宣布道，但对自己的回答并不感到十分满意。

“这就是为什么它们的求生欲很强烈的原因吗？”

“很可能。肮脏、凶恶的小动物比起温柔的大型动物来，更倾向于以斗争来保全自己的生命。”

“嗯。”这不是她所期待的答案。她想得到的是更具体的答案。不过对眼下来讲这个答案已经够了。他们继续往前走，一抬头瞥见那高远、宁静的天空，几点星光稀疏地点缀着夜幕，有几片云稀稀拉拉地飘散着。她开口说道：

“那么，我们什么时候结婚呢？”

他笑着点了点头，轻声哼起了他的曲子。

她对迈克尔的爱必须是正确的。或者说，如果她爱错了人，那么她也必须爱他。再或者说，即使她不爱他，她也必须嫁给他。不，不，她当然爱他，她的爱当然是毋庸置疑的。不管问题是什么，迈克尔就是答案。

她没有多少追求者，但她并不介意。追求者这个词听起来很傻，因此，所有追求她的男人一定都很傻。“他在追她。”她曾听人们说过这样的话或曾在哪里读到过，她觉得这个说法说的就是追求者的问题。他们被称为追求者，是因为他们总是追逐他人吗？她喜欢潇洒英俊的男人，但她不喜欢穿着艳俗的男人。

她在脑子里把所有认识的男人排了个队，进行比较。或许男人们可以分为追求者和丈夫两类。莱斯利舅舅和汤米·普罗瑟很可能擅长做追求者，但嫁给他们肯定是错误的。他们有点放荡不羁，对事件的解释也不太可靠；而父亲和迈克尔这类的人则可能更适于做丈夫，因为他们穿着打扮不艳俗，做事稳靠。是的，还可以换一种角度看这个问题，男人们要么敦朴牢靠，要么轻浮矜夸。她第一次见到迈克尔的时候就注意到了他的双脚，它们朝外撇着，但却牢牢地站在地上，是那么可靠。

如果按照这个标准来判断，她所认识的四个男人都还算作这一类。她忽然在脑子里想象着亲吻汤米·普罗瑟的样子，可是一想到他的胡子，她就浑身一颤：她有一次曾经用牙刷做过试验，这次试验更加深了她对胡子的恐惧。迈克尔的个子比其他人都高，而且他很有“提升的前景”。她母亲特别重视这五个字。婕恩承认，他的那件包裹着身体的大衣有点寒酸，不过战争结束后，她会好好把他拾掇一下的。这就是结了婚的女人要做的，不是吗？她们把他们从失败和罪恶中拯救出来。是的，她一边想着一边微笑着：我一定要整理一下他的衣着。

貌似就是如此：如果这不算爱情，什么算爱情？他爱她吗？当然了！每天晚上他们吻别的时候他都会这样说。父亲说警察是永远值得信赖的人。

不过，在一件事上，迈克尔很容易恼火，那就是汤米·普罗瑟。或许这是她的错：她总是滔滔不绝地说关于汤米的事。可是这再自然不过了，不是吗？她整日待在家里，汤米有时候也在家。当迈克尔来接婕恩出去玩的时候，他总会问她在做什么。哦，要是喋喋不休地告诉他她正在用石墨抛光壁炉的炉膛，正在把洗净的衣服拿出去晾晒，肯定会非常无趣的，不是吗？所以婕恩就告诉他汤米·普罗瑟和她说的话。有一次她问他是否知道一切安全三明治是什么。

“你总是问我关于三明治的问题，”迈克尔回答说，“三明治，三明治……”

“三明治里面可是有蒲公英叶的。”

“听起来太恶心了。”

“的确不怎么样。”

“他总是鬼鬼祟祟的，这是我不喜欢他的地方。他从来不看着你的眼睛，总是把头扭到一边。我喜欢那种说话时看着你眼睛的人。”

“他个子没你高。”

“这和个子高不高有什么关系呢？不高就很愚蠢吗？”

“或许这就是他不看着你眼睛的原因。”

“这是两码事。”

哦，好吧。或许不把普罗瑟被禁飞这件事告诉迈克尔是个好主意，尽管你不应该对你的丈夫保守什么秘密。她也没有告诉他普罗瑟的外号叫日出普罗瑟。

当她讲述关于迈克尔的事情的时候，普罗瑟并不表现出恼火的情绪，尽管他也并不常常对她的热情感兴趣。

“他还不错。”这是他的标准回答。

“你觉得我的想法还不错吗，汤米？”

“当然不错了，姑娘。我来告诉你吧，他可是一个难得的好人。”

“可是结婚之后呢，还会幸福吗？”

“我不常在家，没有注意到。”

“是啊，我想你没有注意到。不过，你喜欢迈克尔吗？”

“他还不错，又不是我嫁给他。”

“他个子很高，是吧？”

“他非常高。”

“可是你觉得他会是一个称心的丈夫吗？”

“你得栽一次跟头，不过不能栽两次跟头。”她并不真的明白他的话是什么意思，但是她还是对汤米·普罗瑟有点恼火。

※※※

巴雷特太太是村子里的一个积极活跃、摩登新潮的女人。婕恩一个人在家的时候，她前来拜访并送给她一个小包裹。“这个我不用了，亲爱的。”这是她说的唯一一句话。后来，婕恩躺在床上打开包裹，拿出了里面的一本栗色的书，布面装帧，是专门写给新婚夫妇的建议书。书的前面列出了作者以前出版的著作。她写过《白垩纪植物（上、下册）》《古代植物》《植物研究》《日本游记》，还有一本名叫《我们的鸵鸟》的三幕戏剧。此外，她还写有十几本关于性别研究的书，其中有一本名叫《前五千个》。前五千个什么？

婕恩不知道该如何读这本书，她甚至不知道到底应不应该读这本书。向迈克尔学习，岂不更好？他一定都知道的，不是吗？或许他不怎么知道，这是一个他们从未讨论过的领域。男人们理应知道，女人们当然不必在意他们是怎么知道的。婕恩就不在意这个：

关心还没遇到迈克尔之前他的生活，这是愚蠢的。那段时间似乎很遥远——那还是战前。**嫖娼**这个词悄无声息地潜入了她的脑子，就像一个吸血鬼闯进了门。男人去嫖娼是为了发泄他们的兽欲，然后他们就会娶妻生子——一切就是这样，不是吗？嫖娼还需要到伦敦去？她觉得是的。她觉得，很多有关性的龌龊的事儿都是在伦敦发生的。

头一天晚上，她拿着书漫无目的地翻阅，跳过了“睡眠”“育儿”“社会”和“附录”这几章。这样做算不上阅读，但即便如此，词语从书页间滑入眼帘，就像粘在她那法兰绒布边上的毛纤一样，有的让她忍俊不禁，有的则让她焦躁不安。“膨胀”和“危机”两个词在书中反复出现。她不喜欢这两个词的发音。**膨胀变硬**，她读道；**黏液润滑**；又是**膨胀**；**柔软**、**变小**、**下垂**（呃）；**器官相对形态和位置的不当**；**对男性黏液的部分吸收**；**子宫充血**。

书的封底有一则戏剧广告，剧名叫《我们的鸵鸟》，系同一作者所写，“1923年11月4日在皇家宫廷剧院首演”。《笨拙》杂志称它“充满讽刺和幽默，演绎得美妙绝伦”。《星期日时报》赞扬它“开场时扣人心弦，并一直把这种情绪保持到剧终”。婕恩不知道什么时候咯咯笑了起来，就连自己都感到惊讶。多肮脏的思想！不过她又咯咯地笑起来，因为她看到了另一个评论：“让人兴致膨胀。”

她告诉迈克尔巴雷特太太给了她这本书。“一出好戏，”他转过头去说，“我一直很好奇，想看看。”

她想问问他关于妓女的事，不过他们马上就要到达他哼唱小曲的地方了，因此她认为现在问这个问题不是时候。不过，很明显，她读这本书是个不错的想法；因此，那天晚上她回去后读得更加津津有味。她惊讶地发现“性”这个词常常和其他词一起出现：**性吸引力、性无知、性高潮、性生活、性功能**。书里这样的词汇组合俯拾皆是。性组合词，她想。

她读得很认真，但还是有很多地方一头雾水。作者宣称她的文风直白，用词简明，但是婕恩一拿起书就犯糊涂。**灵魂的结合**，她读道，**琴瑟失调**（这个她还没有时间多想）。**阴蒂和男性阴茎的形状吻合**。这是什么意思呢？书里面并没有多少笑话。**阿拉贡女王下令，一天六次是合法婚姻最恰当的规定。因此，在今天，一个性反常的女人可能会一连让许多丈夫精尽力竭而亡……**这句话对她来说是最容易懂的。

即便那些对她来说毫无理解障碍的身体部位也和她的个人经历格格不入。**如今，在城市里，电视、电影节目的狂轰滥炸使人们渐渐丧失了一起闲游、享受安详浪漫时光的机会，而在往昔，到处是森林和花园，可以随手摘一枝迷迭草或薰衣草，悠然自得地相互交心，任凭激情澎湃，这是多么美好的借口！**诚然，现在是战争时期，尽管迈克尔也曾经提议一起去采摘薰衣草，但是，她和迈克尔还是应该要生活在城市里的。她无法立刻想到哪个地方种薰衣草。为什么作者总是暗示用草来传情示爱？为什么不能用鲜花呢？

接下来就是生理周期表那一部分，书中画了一幅图，表示一个月里女性性欲的涨落趋势。此外还有两幅图，其中一幅表示的是健康女性正常性欲的曲线，另一幅则表示疲劳和过度劳累导致的女性性欲的小幅短暂上升情况。在第二幅图的后面，潜在性欲曲线陡升陡降，就像在喷泉上的一个乒乓球一样幅度跳动巨大。下面的图示说明解释道："'波峰d'发生前后，高山空气会让受测者恢复活力。"

最后在"节制和浪漫"那一章，作者还提了一条建议。**时刻准备逃离，逃离低级、猥琐、肮脏的东西。只要有可能，就要确保只有在保证欢愉的情况下，你丈夫才能和你亲近。只要经济允许，丈夫和妻子必须分室而居，如果不能做到这一点，就必须在他们的屋子里挂上帘子隔开彼此。**

当她下一次见到迈克尔的时候问了三个问题。

"形态是什么意思？"

"算了吧，还是谈一谈和三明治有关的问题吧！"

"你想不想到外面去找一找薰衣草和迷迭草？"

他用眼睛瞟了她一眼，表情更加凝重了。"这风是不是从科尔尼哈奇疯人院吹来的？"

"我们能不能睡不同的房间？"

"这是不是有点太早了？我连你一根毫毛还没有动过，亲爱的。"

"可是，你不应该就是那个梦想在森林中邂逅戴安娜女神的猎人吗？"

"采薰衣草和迷迭草？"

"是啊。"

"那我最好去找一匹马来。"他们两个都笑了，迈克尔随后补充道，"不管怎么样，我已经在前门篱笆得到了婕恩，为什么还需要森林里的戴安娜呢？"

那天夜里，她放下了书本。显然，这书简直就是垃圾。三天以后，迈克尔漫不经心地告诉她：“噢，忘了告诉你，我给你定了一个约会。”

“和谁？”

“在伦敦。她人非常好。大家都这么说。”

“她……不是牙医？”

“不是。”他转过头去说道，“她会……给你做个检查。”

“我需要检查吗？”婕恩与其说感到被冒犯了，不如说她感到吃惊。大概每一个人都需要做检查吧。“要是我有问题，你会把我送回来吗？”

“不，不，当然不会，亲爱的。”他握着她的手，“只不过是……女人应该做的一件事而已。我是说，现在她们都这样做。”

“我从来没有听说谁被送到伦敦去做检查。”婕恩不满地说。在铁路发明之前，乡下人都是怎么做的？

“哦，不是那样的，亲爱的，不是那样的。而是……孩子……”

现在轮到她把头转向一边了。哎呀，她心想。不过，难道不是男人应该为此负责吗？难道这不是书里所说的“责任”这个词的意思吗？猛然间，她想起了其他词，**膨胀，琴瑟失调，黏液润滑**。这可真是个糟糕的想法。

“我们不能就做朋友吗？”她问道。

“我们**现在**就是朋友，这就是为什么我们要结婚的原因。结婚之后，我们仍然是朋友，但是，我们要……结婚。就是这样的。”

“我明白了。”实际上她并不明白。她感觉糟糕极了。

“如果我有毛病，你能带我去呼吸一下高山空气吗？”她问道。

“只要二等兵希特勒同意，”他允诺道，“只要二等兵希特勒同意就行。”

海德莉医生应该是个优秀的牙医，婕恩心想。她性格爽朗，业务精湛，言之有物，态度友好而又极其庄重威严。她身穿套装，套装外披着一件没系扣的白大褂，而里面的套装本来就可以充当制服。她让婕恩坐在长椅上，和她闲聊闪电战，从而让她放松。对婕恩来说，这反倒像做错了事儿。她忽然开口说道：“我是来这里做检查的。”

“当然啦。我们今天就做检查，下周安装。我发现大多数女孩不喜欢早点完事。”

“我明白了。”安装什么？哎呀！

接下来，海德莉医生询问了婕恩一些关于她和迈克尔的问题，有些问题问得小心翼翼。

“关于性活动，你都知道些什么？请坦诚地告诉我。”婕恩告诉了她那本栗色的布面装帧书，也就是和那个有关鸵鸟的戏剧同一个女作家的书，那部开场就扣人心弦、一直把这种情绪保持到剧终的戏剧。“太棒了，你现在一定都懂。私底下读一些书总是再好不过了。那么，关于性活动，你有什么想法——我是说，一般意义上的性活动。”

婕恩现在开始充满自信。没有什么会让海德莉医生吃惊的了。医生的头发掠过脸颊，她的长发被绑成一团，斜搭在脑袋一边，这让婕恩想起了乡村面包。

“我觉得这很滑稽。”

“滑稽？你是说奇怪吧？是的，刚开始的时候很奇怪，不过你会习惯的。”

“不，我是说滑稽，让人可笑的那种滑稽。”**膨胀**，她心想；**琴瑟失调**；**薰衣草**；**阿拉贡女王**。她故意咯咯地笑出声来。

“姑娘，这可不是滑稽的事儿。”哎呀，“这非常严肃、美好、复杂，但并不滑稽。你明白吗？”婕恩点了点头，为她的胡言乱语感到羞愧，可是她仍然半信半疑。“现在请站到屏幕后，脱掉里面的衣服。”面壁思过，婕恩照着做了。她不知道该不该脱掉鞋。鞋子也属于衣服吗？要不要再把衣服穿上？

可真是的。她真的不应该说性生活很滑稽。她肯定会发现性不是滑稽的事。或许她的生理周期表会让她大吃一惊，或许她根本不需要高山空气。她努力排除杂念，可是她还是禁不住想起迈克尔的阴茎。她想的并不是那玩意儿，因为她还需要运用一些想象力才能得知它长什么样子，当然更没有看到过。她想的是那些能让他们的身体结合在一起的性组合词。

她从屏幕后走了出来。医生要求她躺下，然后……哎呀。按着牛头喝水嘛，她心想。那沉默真可怕。婕恩开始轻声地哼起了曲子。“正面朝上我们就结婚，亲爱的……”她忽然羞愧地停了下来。或许海德莉医生并不赞成吟唱歌曲，尽管这曲子没有什么不合适的。

“你会感觉有点凉。”她挺了一下身子。是不是会有一盆凉水浇在她身上，作为对她轻唱曲子这种轻浮行为的惩罚？但是并非如此：只是……她不再去想自己的下部。她紧闭着双眼，就像遮光帘被全部拉上一样；但是，透过眼皮，她看到了来自外面世界的微弱的红光。又黑又红，是战争的颜色：汤米·普罗瑟的战争的颜色。驾驶着黑色飓风式战斗机的汤米·普罗瑟在夜幕下出击，他把飞行帽放在脑后，脸上和手上映着仪表盘上的红光。驾驶着黑色飓风式战斗机的汤米·普罗瑟在寻找返航的战斗机的红色尾气。又红又黑……

“好了，护理所一切就位，游戏室也没什么问题。”海德莉医生忽然说道。

“哦，好的。”她在说些什么？

海德莉医生打开抽屉，从里面取出三个标有数字的圆形罐子。“可不能把人给吓着了。”她诙谐地一边说着一边把两个大点的罐子放到一边，并打开了第三个罐子。她揭开盖子时，一股滑石粉尘雾蓦地腾起。“现在我来给你演示一下它的原理，下周你自己来试就可以了。”

海德莉医生打开避孕套，把上面的滑石粉轻轻磕掉。“很简单，是吧？那里是弹簧——”她把避孕套压成一个扁平的 8 字形——“只要你放对了地方，它还是非常灵巧、结实、安全的。你试试看。”

婕恩拿起它。那东西看上去巨大无比。放到哪里呢？或许你应该把它套在一个性组合词四周，就像防潮布一样，然后用绳子固定住。她小心翼翼地用手挤了挤那东西，好像还有弹性，然后把它平放在她前面的吸水纸上。紧接着她又试了一遍，弹簧缩了回去，一小截黑色橡胶从里面翻出来，塞满了她的手心。她尖叫起来。

“你很快就会习惯的。”婕恩对这话表示怀疑。当然，对迈克尔来说什么都行，可是难道他们就不能只做朋友吗？“这是润滑胶。”海德莉医生的手上不知什么时候拿了一根管子。天哪！“黏液润滑”，这是要做什么呢？

“别……这……有必要吗？”海德莉医生“嘿嘿”笑了一声，不置可否。

“我记得你说过这不是滑稽的事儿。”婕恩对迈克尔骗她来见的医生感到恼火。

“是啊，我笑的不是它，而是你。你们这些年轻女孩总是既想要这个又想要那个，就是不要负责任。”说到“责任”这个词的时候，她在避孕套的边缘涂了一些胶状物，然后在橡胶里面正中央的凸起上也涂了些。她简单地作了一下示范，就把避孕套给了婕恩。“不对，抓紧点儿，它不会吃掉你的。不，再紧一点，用拇指和食指扣住，拇指和食指，你没有玩过手套玩偶戏吗？”

婕恩放下了避孕套，避孕套随即弹开来，无法收拾。看来今天只能到此为止了。

在帕丁顿等火车的时候，婕恩看到一台笨重的机器，机器表面涂着绿色的漆，上面有一个大钟，每个表示小时的地方都有个字母。你转动一根金属大指针，花一便士就可以把十五个字母印到一块薄锡片上。机身上的搪瓷匾牌写着你可以用这种方式给朋友赠言。婕恩觉得自己并没有什么赠言可以给朋友。她连自怜的自信都没有，她只是感到孤独无助。她费尽九牛二虎之力移动大指针，按下一个压杆，打印出了“婕恩”两个字，后面是她的姓氏“萨金特”。还可以印三个字母。父亲肯定会让她花最少的钱买最值价的东西。姓名、职位、号码，就是这些词，不是吗？婕恩没有职位，也没有号码。她思考了一会儿，决定印三个“×”，然后把锡片从机器的一侧抽出，放到了她的手提包里。

※※※

婕恩隐隐约约感到，在过去的一年里，汤米·普罗瑟肯定出了什么事儿，而且这事儿一定有具体的缘由。在此之前，他还是一个勇敢的飓风式战斗机飞行员，可现在他却被禁飞了。他整日疑神疑鬼，杯弓蛇影。她要做的就是找到让他恐惧的根源，让他倾诉一下那件给他留下阴影的可怕的事情，然后他就会好转起来。关于精神分析的原理，婕恩就懂这么多。

一天下午，她拿着一罐金属防锈剂坐在厨房的餐桌旁，把叉子举在面前，好像士兵一样。普罗瑟不再像以前那样充满敌意。他开始谈论1940年发生的事情，仿佛它们是蒙斯之战或者伊普尔之战，遥远得和他没有任何关系。

“我第一次感到恐惧，那真是让人哭笑不得。当时我正在北海上空和几架109战斗机处于胶着状态。我看情况不妙就朝云层飞去，四处躲避，并准备返回基地。我驾驶着飞机拼命狂飞。当你想加速的时候就一定会俯冲，这个你知道的。不管怎样，我向下俯冲，突然有机枪的袭击。一定有一架109战斗机在跟踪我。我猛地把操纵杆拉回，在空中做大回旋，并趁机四处观察，却什么也没有看到。我以为一定甩掉它了。

“所以我机头朝下又继续往基地返航。我的速度越来越快。你猜这时发生了什么？又有更多的机枪向我扫射。我把操纵杆拉回，这时，扫射突然停止了。我艰难地爬升，四处寻找云层，这时我猛然醒悟过来。我俯冲的时候并没有任何异常情况发生，刚才我一定是把操纵杆攥得太紧了。你知道，发射按钮就在操纵杆的顶部。所以刚才的子弹是我自己发射的，我把自己吓了个半死。我就像一个傻子一样在空中一圈圈地栽跟头。”

婕恩笑了笑：“你回去后有没有告诉他们这件事？”

“没有。开始时我没有说，直到有人讲了他犯的一个更大的错误，我才说了出来。可是他们却觉得我是在吹牛皮。”

“你们搞砸任务时大多时候会承认吗？”

“当然不。”

“你们不承认什么样的错？”

“我们不承认什么样的错？都是些很常见的事。害怕。害怕让战友们失望。害怕自己再也回不来了。你知道，当有人觉得自己再也回不来的时候，你总能看到些征兆。你会坐在派遣室里静候待命，你会注意到有人对你彬彬有礼。真的，突然间人们会对你非常客气。你会注意到他的这种态度已经保持好几天了，他总是递给你糖，总是和颜悦色，不惹任何人不高兴。你就这样一直担心自己再也不会回来。那人肯定想让你记住他曾经是一个好战友。当然，他并没有意识到自己这样做——毫无察觉。”

“你也曾经有过这样的感觉吗？”

“我怎么知道呢？你根本没有意识到自己会这样做。或许我的表现有所不同——我可能会让口袋里的硬币叮当作响。”

“你们是不是不允许说自己害怕？”

“当然不允许了。这可不是好状态，即便你知道其他人能看出来。”

“我能问你一个问题吗？”

“你不是正在问吗？”普罗瑟朝她笑了笑，好像是说，可以，今天我情绪不错。婕恩低下头，仿佛是在把口袋里的硬币晃得叮当响时被人当场发现了。“说吧。”

“嗯，我想知道，勇敢是什么样子？”

“勇敢？”这不是普罗瑟所期待的问题，“你为什么想知道？”

“我只是感兴趣，真的，如果你不愿意……”

“不……只是……做到勇敢很难。真的。很难说什么是真正的勇敢。你可能做了一件再寻常不过的事儿却被其他人视为勇敢；而有的时候你可能觉得自己表现出色，但别人却对你的所作所为只字不提。”

“那么谁来决定到底勇敢不勇敢，他们还是你们？”

“我不知道。我猜有的时候是你自己决定，若讲荣誉，则是他们决定。不过，倒过来可不行。这你明白的。”

“你很谦虚。”婕恩注意到了日出普罗瑟制服上的勋章。这些荣誉可不是凭空而来的。

“不，不，我不是谦虚。真的，你不可能决定‘我现在就要勇敢了’，也不可能事后跷着二郎腿说：‘瞧，真是英勇无比！’”

“可是你必须作出决定。当你看到有人陷入困境时，你肯定会说：‘我要救救他。’”

“不对。你绝对不会说这么多中听的话。你二话不说就已经做了。这可不像决定怎样过日子，欻的一下你就已经身处其中了。有的时候局势非常明朗，你还有时间思考，但是你所思考的是你训练时在这种情况下应该思考的事情。有的时候局势并不清晰，就好像你正喝醉了。不过大多数情况下，欻的一下，你已经身处其中了。”

“哦。”

“很抱歉，让你失望了。或许对其他人来说情况有所不同。我没法告诉你勇敢是什么样子。你没法把这东西拿起来掂量一下，仔细观察。勇敢来临的时候你根本没有意识到它的出现。你不会兴奋不已或头晕目眩。你会感觉早已知道应该怎样做，或许这样的感觉更多一些，然而，仅此而已。你没法谈论它。勇敢就在那儿。”普罗瑟的声音开始有点儿不耐烦了。“我的意思是，这不是一个可感知的东西，对吧？可感知的东西往往会让你吓得尿裤子。这就是对可感知的反应。”

“有什么不同吗？我的意思是，恐惧是不是有点像经历一场大难？”

“哦，你是说恐惧吗？是的，很不一样。”他很快平静了下来，就像他变得兴奋起来时一样快。“很不一样。你想知道吗？”

“是的，请你给我讲讲吧。”婕恩忽然发现，比起迈克尔，和普罗瑟谈话很不一样。有的时候很难和他对话，但是……

“第一，当你恐惧时你知道恐惧的存在。第二，别人也有同样的感觉。第三，当你采取行动的时候，你知道它会让你做出什么行为。”

“它会让你做出什么行为呢？”

“它会让你做出任何事情。开始的时候还没有什么可做的。你只是比以前更焦虑。你的飞行高度比以前更高或者更低，而这常常是不必要的。你变得疑神疑鬼，担心自己的安全。相比通常情况，你会过早折断飞机上的一些部件。你会趁着局势混乱吹嘘一番。和往常相比，你觉得飞机有更多地方出了毛病。因为一些小事，你会比以往更早折返或者对自己的情况失去掌控。

“然后你开始注意到自己的恐惧。或许是因为你注意到别人已经注意到了你。你返回基地，地勤人员照常执行着公务——检查一下在你离开驾驶舱之前机枪有没有发射子弹的痕迹。如果一连好几次都没有发射机枪，你可以想象一下他们嘟哝的样子。总是同样的两个字：怂。怂。于是你决定，我不要让他们老是说自己怂。你开始偏离队形，躲进云层，用机枪扫射。如果你扫射的时间过长就会用尽弹药而被迫返航。滑行的时候，你向地勤人员竖起拇指，并告诉他们你打包票是一架亨克尔轰炸机——因为它冒着浓烟所以你没看清它怎么坠落的，你觉得如果它的机组人员果真能够返回德国，那也一定是用两条腿走回去的——他们也欢呼一声，这让你自己也有点相信这一切，并盘算着在战果询问会上要不要提这件事儿。然后你意识到不能不提这件事儿。因为假如你向地勤兵吹嘘击落了多少架战机却没有向情报部门反映，一旦有人揭穿了这一切，你该怎么办？所以你还是提了这件事儿——你还没有反应过来就已经击落了一架德国空军飞机，那家伙一定是在穿过云层的时候遭遇了你的机枪。”

“你真的这样做了吗？”

“他们第二次派我执行任务的时候我就这样做的。第一次执行任务的时候出现了一些恐惧的小迹象，不过我不敢确定，他们也无法确定，因此他们暂停了几天，没让我执行任务。第二次发生的时候我清楚地知道了这是什么，因此也知道第一次究竟发生了什么。”

“第一次执行任务一定非常紧张。”

“是的，的确如此。紧张、害怕、怂、懦弱，的的确确。你知道他们怎么说吗？栽过两次跟头的人一定会死翘翘。”婕恩想起来了，当她问他和迈克尔结婚怎么样时，他说的就是这句话。“这是无稽之谈。”

“无稽之谈有时候也是有道理的。”他笑了笑说道，“你可以问问我。”

“告诉我惊恐是什么感觉？”

“我已经告诉过你了，就是逃跑，就是害怕。”

“可是，你心里到底是什么感觉？”

普罗瑟沉思了一会儿。他完完全全知道恐惧是什么感觉。他在梦中也梦到过这种感觉。

“嗯，惊恐在一些方面有点儿像别的东西。比如双手发抖、嘴唇干燥、头脑紧张——这些都是在执行任务之前的正常反应。通常是这样的。有的时候又有所不同。一般情况下你在待命室里面就已经表现出这样的一些小迹象，等你起飞之后它们又消失了，一旦有什么动静的时候，这些感觉又回来了。可是当你靠近敌人的时候，它们又消失了。不过有的时候它们一直伴随着你，即便你顺利返航的时候也感到恐惧，这可不是个好迹象。于是你就患上了恐惧症。”

他停顿了一下，看了看婕恩。她盯着他，继续认真听讲。

“想象一下吞下了酸物的感觉，比如醋。想象一下，你并不只是在嘴里尝一口，而是把这种感觉一直咽到肚子里去。想象一下吧，你在嘴里尝到这酸味，然后把它咽到食管里，它经过胸腔到达胃部。想象它在你的喉咙和胸腔之间慢慢凝结。用醋做成的粥，到处都是。在嘴里酸不溜丢，在胃里稀软潮湿，在喉咙和胸部之间像粥一样变稠凝结。这意味着你不能相信自己的声音。所以，有的时候你假装远程终端已经损坏，有的时候你假装自己正在穿过一团寂静的云层。你咬紧嘴唇让那团酸块撞击你的喉咙。你一半的身体都浸泡在这种反胃的恶酸中。这股恶酸在你的口中久久挥之不去，所以你觉得你能够扛得住，把它压下去。但是你不能。它就那样停留在你体内，又冷又酸，还在不断凝结。这时候你明白感觉是不会轻易消失的。永远不会。因为它待在你的体内已经是件再正常不过的事了。”

“会消失的。”她说。她意识到自己嗓音里有一种虚假的乐观，就好像她拍拍被截肢者的肩膀然后安慰他双腿还会重新长出来。

“第二次栽跟头。”他平静地回答。

“我相信你还会回去的，”她继续说道，声音听起来像一个盲目的赤脚医生，“你还会重返战场去偷袭机场……”

“那是以前的事了，”普罗瑟说，“那时候所有人都在织卡其布军装，放眼望去，所有人都在织军装，你还记得吗？”

“我自己的那件还在。我一直没有织完呢。”

“说的就是。织卡其布军装。痛恨德国人。击溃侵略者。那时候晴空万里，令你心情舒畅。你觉得你会死掉，但是这并不重要。你觉得战争并不会持续多久，你只是一如既往地过日子。总之，那时候一切都是新鲜的，那一段时间甚至包含了你生命中最美好的一些时刻。”

“比如一天看两次日出。”

“比如一天看两次日出。比如驾驶轰炸机飞越大西洋去执行轰炸任务。你到达目的地，让地上的‘迎宾委员会’乌烟瘴气，乱作一团，你只是在一旁看着这尘土飞扬的场面——绿的、黄的、红的，尘土悬浮在空中——不用担心会伤着你自己，你心里想的是，这些尘土太像星期六晚舞会上的彩色纸片了！然而现在不同了。你不能一直像以前那样了。”

“你不像以前那样憎恨德国人了吗？”婕恩觉得他们的谈话取得了实质性进展。或许勇气来自于憎恨，或者至少没有憎恨就谈不上勇气。“日出”已经不再憎恨了，情况就是这样。这没什么可耻的，而是恰恰相反。

“不，不。我像以前那样憎恨他们。一如既往。或许憎恨他们的原因不一样了，但我的憎恨没有丝毫减弱。”

“哦。出……什么事了吗？出了什么糟糕事？”让你变得不再勇敢的糟糕事。

普罗瑟勉强笑了笑，仿佛他真的准备向她吐露心迹，如果他可能的话。可问题是，他不能。

“对不起，不是那样子的。懵懂少年一夜间就长大成人，然后变成英雄，而后英雄轰然倒下。又一批新少年接踵而至，空缺的英雄位置被即刻补上。”他几乎就是在跟她逗乐，只是逗乐的方式和她以前经历的有所不同。“不是那样子的。我没有倒下——至少，不是以大家所想的方式倒下的。有的时候，局面没维持多久就会失去控制。你的积蓄将耗尽，所剩无几。别人告诉你，你只需小憩片刻充充电就可以了。但是充不上电的电池太多了，或者说根本就没有电池可以充电了。”

“不要这么悲观嘛！”她说道，可是就连她都感到自己的声音只是强作精神，没有说服力。“你还是喜欢飞行，不是吗？”

“我还是喜欢飞行。”

“你还是真的憎恨德国人吗？”

“我仍然憎恨德国人。”

“那不就得了，是吧，普罗瑟先生？”

“只能如此了。未来的迈克尔·柯蒂斯夫人，恐怕这事你没法证明。”

“哦，哦。我敢肯定。我知道的。想想日出吧。”

“好吧，”普罗瑟说，“我已经一无所求了。你一天看两次日出——你栽两次跟头。这样还算公平。真的很公平。最好适应这一切。不然就卷铺盖走人。”

“不要这样。不要这样逆来顺受。”

“我不是当真的。”

※※※

一个星期之后，婕恩返回伦敦去见海德莉医生。她告诫婕恩不要觉得什么都奇怪。也没什么值得这么大惊小怪的。

海德莉医生又拿出了那个圆形罐子，取出滑石粉，展示怎样涂润滑胶。婕恩又一次想到了“黏液润滑”这四个字。或许这根软管里装的是黏液润滑胶吧。她的身体被头朝下地倒转过去，就像在游艺展览会上选错了娱乐机器一样。医生要求她放松。她的身体松垮地飘起来，离仪器越来越远。她正坐在一架黑色的飓风式战斗机里，身旁的云如流水一般涌过。日出普罗瑟在驾驶舱里安装了一个柳条椅，他现在正带着她兜风。坐飞机能治好的不只是百日咳，他说。他要给她亮一手。莱斯利舅舅会用香烟耍一手好把戏，而普罗瑟则能用太阳耍把戏，而且手段更高明。日出开始了！从我肩膀这边往那边看，顺着黑色的机翼看，你可以看到，太阳升起了，太阳升起了！现在我们往下飞，再降3 000米等着太阳。看，太阳又升起了！平凡的奇迹发生了！还要来一遍吗？不，不行了，除非你加入下面的潜水艇部队。

“你来试试。”放松使得海德莉医生能够顺利地进行演示；唯一的问题是，婕恩一句话也没有听进去。此刻，她正在小心翼翼地抓起那个滑溜溜的小帽，把它压成 8 字形，然后漫无目的地往自己身体里安装。她注意力高度集中，精神紧张。海德莉医生蹲在一个座位上握着她的手腕引导她寻找位置。快点结束吧，婕恩一度心想，于是就猛力推了推。哎哟，疼死了！

“不，不，傻姑娘！看你都干了些什么！好了，好了，流些血也算健康。”海德莉医生忙用一块毛巾蘸上温热的水帮她擦拭。过了一会儿，她说：“我们继续吧！”

婕恩又躺了回去，一边想着自己飞越在阳光明媚、万里无云的英吉利海峡上空，一边听着海德莉医生的指示，仿佛她正在通过远程终端向她喊话。这边朝上，8字形状，那是宫颈，把边缘固定得舒适、牢固，等会儿，用手指扣住，往外拉。这些是空中任务指令。这让婕恩感到不再羞愧，似乎这一切和她没有关系。

“你可能会流一点血。”海德莉医生说。

然后，海德莉医生发出了最后的指令，指示婕恩如何使用避孕套：什么时候放进去，过多久拿出来，怎样清洗，晾干，涂滑石粉，怎样放到罐子里保存起来以备下次使用。这让她想起了父亲的烟斗，他总是花很长时间往烟斗里塞点烟草，清洗烟斗，还常常用它戳来戳去，这些时候，反而比吸烟的时候还多。所有的快感都是这样子吧。

坐在从帕丁顿开出的黑黢黢的火车里，她禁不住怀疑自己是否像以前所想的那样不再是处女了。她觉得这是真的——或者说，如果一切按正常情况发生的话，她一定会像她所预料的那样不再是处女了。她感觉身体爆裂了，她感觉身体被人为干预了。琴瑟失调——她不知道这句话是什么意思，但听上去就是她这种情况。在她的手提包里有一个小小的纸盒子，但她不知道该拿它怎么办。它是个保护者，还是个侵略者？或者它是一个帮助像迈克尔这样的侵略者的保护者？难道她把她的第一次给了它——或者给了工厂里同一批次的其他产品？她是不是很傻或者太情绪化？不管怎么说，这都是为了迈克尔。还有更倒霉的事会发生。那些更倒霉的事正在发生——它们大多降临在男人们身上。你应该做点什么，难道不是吗？

她手提包里的小盒子让她感到畏惧，它让她感觉火车站检票员就像海关检查员一样可怕。有没有带违禁物品，小姐？没有，我没有什么可申报的。有个爆炸装置。一把断弦的琴。还有件稍微沾点血迹的内衣。

海德莉医生和那个小盒子让一切显得确然无疑，板上钉钉。但是这种确然并没有带来自信。她发现她并没有盼望和迈克尔同床共枕。她当然爱他，一切当然都是正常的；他当然会知道一切，本能会弥补一切对彼此的无知。爱是美好的，正像许多人说的那样，甚至在精神上是崇高的。但是，多可惜，有的时候它却是那么讲求实际。那个盒子会不会影响到她的生理周期呢?

婕恩回到家后惊奇地发现她又重新捡起了巴雷特夫人送给她的栗色小册子。她翻到了名为“原始冲动”的那一章，郑重其事地往下阅读，想发现书中预测一定要发生的事情究竟是什么。有的人把它看成一个有波峰和波谷的简单波形曲线图，她读道，但实际情况更为复杂。《我们的鸵鸟》的作者这样写道:

“我们都曾观看过海浪拍打沙滩时均匀的浪花，我们也都曾注意到，后面的海浪涌入后会在某个角度再度产生浪涌，涌向第一波浪花，并把它拦腰截断，这样两波浪潮就会彼此交叉，相互影响。”

婕恩没有去过海边，但她努力想象着两股波浪交叉的图案。她听到了海鸥的叫声，看到了人迹未至的海滩。一切听起来是那么安详、欢愉。欢愉但并不十分重要。或者只是奇怪而已?

莱斯利舅舅没有参加婚礼。莱斯利舅舅当了一次逃兵。婕恩的父母出席了婚礼，还有迈克尔的母亲（她身材高挑，鼻子尖尖的，看上去笨手笨脚而又自命不凡。究竟怎么回事，婕恩也没法说清楚）、一个专程从威尔士赶来的表弟，以及迈克尔的一名做警察的朋友。这位朋友同时也是伴郎，曾在婚礼前对她说：“如果我是伴郎，那你为什么要嫁给别人呢？”（婕恩认为这个玩笑不合时宜。）总之，莱斯利舅舅没有到场。一个小家庭和另外一个小家庭联姻，七个彼此陌生的人热烈地讨论该怎样庆祝一场战时的便服婚礼。莱斯利舅舅一定会不拘小节，坚持热闹一下；他或许还会做个演讲或者变个魔术什么的。她这么想念他或许是因为她小的时候曾经打算嫁给他。他的缺席意味着他两次抛弃了她。不过，莱斯利舅舅那时已经离开了他们。

不管怎么样，这是父亲对事情的解释。在张伯伦从慕尼黑返回后不久，一辈子居住在英格兰的莱斯利舅舅登上了一艘前往纽约的船。莱斯利舅舅后来从巴尔的摩给他们写了一封有争议的信，在信中，他是这样总结的：张伯伦在我们有生之年宣布和平了，莱斯利认识到自己已不再年轻，因此决定去见一见世面。他到达美国后不久战争就爆发了，这非常出人意料，而这时他（刚刚）已经超过了服役的年龄，因此没有必要再带一张需要吃饭的嘴越过重洋到美国去，最好的办法是等他安定下来找到一份工作之后就立刻往回邮寄食品包裹。当然，如果美国人卷入战争，他就会加入美国军队。他们可以假想他一直就在他们身边。

父亲给母亲的解释则完全不同：我一直知道，你弟弟就是个吊儿郎当的人，年龄太大，不能参军。胡扯！国民自卫军怎么了？当个防空警报员或者在军工厂里工作怎么了？我并不是说你弟弟就喜欢干低三下四的活儿或者给人擦碗洗碟子，而是说他觉得往回邮寄食品包裹就万事大吉了。妈，今天晚上吃什么？吃一点良心馅饼，再来块良心布丁。好吧，我们可以吃他寄来的东西，不然就变坏了，可是，他给婕恩买的那些花里胡哨的内衣内裤到底是什么意思？她刚刚把自己的辫子剪短，我可不想看到自己的女儿穿着这样的衣服，头顶上有轰炸机狂轰滥炸。这不合适。如果他加入了美国军队我就在北海里游泳。或许站在我右侧的平流层战斗英雄还想来一块良心布丁，这东西虽然尝起来酸不溜丢，但也不能浪费了。

战争的头两年里他们吃了不少良心馅饼。父亲没收了那些内衣内裤，但当婕恩结婚的时候又还给了她。这是莱斯利舅舅唯一的结婚礼物；她曾经给他写了信，告诉他结婚的消息，但是他没有回信。直到战争结束，莱斯利舅舅一直没有回音。父亲对这件事的猜测母亲并不是都认同。

当婕恩结婚的时候，她已经懂得下面这些事儿：

怎样把被子叠成豆腐块；

怎样缝纫、打补丁、织毛衣；

怎样做三种不同的布丁；

怎样生火，用石墨抛光壁炉的炉膛；

怎样把硬币泡在醋里面，让它们光亮如新；

怎样用熨斗熨男人的衬衫；

怎样梳辫子；

怎样塞入避孕套；

怎样制作瓶装果汁和果酱；

你不想微笑的时候怎样假装微笑。

对于这些成就，她非常自豪，尽管她不觉得这些能算得上体面的嫁妆。比如，她希望能够懂得下面的这些事：

怎样跳华尔兹、快步舞和波尔卡，尽管在她的生活中没有跳这些舞的必要；

怎样能在跑步的时候不会不由自主地把双臂抱在胸前；

怎样预先知道她的话愚蠢还是睿智；

怎样根据悬挂着的海带预测天气；

怎样知道一只鸡为什么不再下蛋；

怎样知道别人在取笑你；

怎样让别人帮你穿衣服而不感到尴尬；

怎样得体地提问。

迈克尔不知从哪里捣鼓了一些汽油来，他们开车到新森林酒店度蜜月。他们在酒店的房间就在酒吧吧台的正上方。星期六下午快黄昏的时候，他们一起开车出来沿着大街行驶。当他们快到贝辛斯托克的时候，天已经黑了。由于停电，他们只能借着车灯继续行驶。婕恩很想知道迈克尔的夜视能力怎么样，他并没有像普罗瑟那样接受过专门训练。她有些提心吊胆：战争刚开始的前几个月里，死在路上的人比死在敌人手里的人更多。她一度把手搭在迈克尔的胳膊上托着他；不过他好像误解了她的意图，反而开得更快了。

当他们被领到房间的时候，婕恩被床的宽阔程度吓了一跳。这床看起来非常大，有一种压迫感，在它的上面，仿佛时刻都会发生什么。它在给她讲述着什么故事，同时又在嘲讽她，恐吓她。时不时，一阵轻声的呻吟声会从楼下的酒吧穿过地板传到他们的房间。她把头埋到迈克尔的肩上说：

“今天晚上我们能做朋友吗？”

接下来是一阵沉默，他搂在她脖子上的手稍稍绷紧了一些。然后他说：

“当然了，我们开了很长时间的车。”他抚摸了一阵子她的头发，然后就去洗澡了。晚饭的时候他很开心，很放松；他已经给他的母亲打了电话并让她转告萨金特夫妇他们已经到了。婕恩很想和她的母亲对话——这是在行动开始前的最后一次吹风会——不过迈克尔所作的一定是最好的安排。她非常爱他，并向他表白了自己的爱，还在他洗澡的时候问她能不能关灯上床。她用床单裹着自己，鼻子里充斥着洗衣粉味，心里担心下一步会发生什么。窗外夜幕已经降临，天上没有一丝云，一轮夏日的满月挂在天空中，仿佛探路者打出的信号弹；这是轰炸机的月夜，他们总这样说。

第二天早晨，他们一起出去散步，因为即便是在度蜜月，也不应该浪费汽油。中午的时候他们走回来吃午饭，而下午又到外面散步去了，还换洗了衣服。在他们回去吃晚饭的途中，婕恩问道：

“今晚上我们能做朋友吗？”

“要是老这样子，我就得强奸你了。”他笑着回答说。

“我怕的就是这个。”

“嗯，那你今晚必须允许我吻你。我们不抱着打滚。”

“好吧。”

“并且开着灯。”

第三天傍晚的时候，婕恩说：“或许等明天吧。”

“或许？天哪！我们的蜜月已经过了一半了。这样我们还不如出去搭车旅行！”他盯着她，脸涨得通红。她感到害怕；但并不是因为他生气了，而是因为她发现他的脾气还会更暴烈。她心里同时想着：搭车旅行，这个主意不错。

“好吧，明天。”

可是第二天晚饭后不久，她的肚子便开始疼，这件事因而不得不推迟。她能够感觉到迈克尔的不快。她曾经在什么地方听说，男人比女人更需要身体上的宣泄。要是不给他们这样的机会会发生什么呢？他们会不会像汽车水箱那样爆炸？第五天晚上，吃饭的时候他们的对话少了很多。迈克尔要了一瓶白兰地。突然，婕恩对着他的耳朵说：

“二十分钟后上楼来。”

她拿上小盒子顺着走廊来到洗手间。她躺在地板上，脚后跟搭在澡盆的边缘，试图把避孕套放进身体。她的肌肉忽然变僵硬了。她忽然想，如果关掉灯想象一下普罗瑟驾驶着黑色飓风式战斗机，脸上和手上映着红色的朝晖，这样或许会让她放松下来。可是她知道这样做是不对的。她试着蹲下来尝试；开始的时候还算成功，可后来小帽从手里弹了出去，把浴室防滑垫都弄得乱七八糟。她又抬着腿试了一遍，现在她开始感到疼痛了。她把那个黑色的橡胶怪物清洗了一遍，晾干，涂上了粉，然后放回了盒子。

她躺在床上听着楼下酒吧里传来的嘈杂人声。迈克尔似乎很久都没有动静。或许他已经跟着某个没有缺陷的人跑了。

他没有使用洗手间，只是站在黑暗中脱掉了身上的衣服；她试图根据声音来判断他正在解开哪个扣子、脱掉哪件衣服。她听到了抽屉的嘎吱声，想象他穿上睡裤。下面酒吧传来一阵嗡嗡的说话声。他爬上床，亲吻她的脸颊，翻滚到她的身上，拉起她的法兰绒睡袍，然后扯开他刚刚系住的睡裤带子。性组合，她忽然想起了这个词。

润滑胶让她的身体又湿又滑，这使他感到很愉悦。在几番摸索之后，他不怎么费力地就插入了她体内，这是他们两个都没有预料到的。即便如此，她还是感觉到疼痛。她躺在那里等待着他说些什么。可是，这时候他开始在她的身体里上下抽动，她非常礼貌地呻吟起来："亲爱的，我还没有把我的东西放进去。"

"哦。"他说，带着一种好奇而又公事公办的声音，也就是他工作时的那种声音。"哦。"他听起来并没有像她所想的那样感到不快，也没有失望。相反，他开始更猛力地往她身体里冲撞，正当她开始因为这种强烈的攻势惊慌时，他忽然从鼻子里重重地呼出一口气，把他的分身抽了出来，射到了她的肚子上。这可是绝对出乎意料的。就好像一个人趴在你身上呕吐一样，她想。

在他半滚开来的时候，她说："我都湿透了，你把我弄湿了。"

"感觉来的总是比现实更强烈，"他回答说，"就像血一样。"

说这句话的时候，他们两个都不再吱声，而是在心里体会着它的寓意，体会为什么会提到血。他轻微地喘着气。她可以闻到白兰地的味道。她躺在那里听着楼下酒吧不断传来的嗡嗡声，好像世界上没有任何地方发生任何事情一样。她躺在黑暗中想起了血。又黑又红，又黑又红——这是普罗瑟的宇宙。或许最终的世界就只有这两种颜色吧！

"给你拿块手帕来。"迈克尔最后说。

"不要开灯。"

"不会的。"又传来一阵打开抽屉的嘎吱声，他递给她一块手帕。手帕摸起来有头巾那么大。她把它盖在肚子上，把手放在上面轻轻地一圈一圈地擦。这是孩子们表示饥饿时的动作。只不过不同的是刚刚有个人趴在她身上吐了一番。她把手帕拧成球扔到床下，然后穿上睡裤翻过身睡觉去了。

第二天早上，当她听到迈克尔醒来的动静时并没有睁眼。他从卫生间里吹着口哨出来，穿好衣服，用手在她眼前晃了晃，然后笨拙地在她屁股上拍了一下，轻轻地说："亲爱的，我在楼下等你。"

也许这样做没错，她迅速穿好衣服冲下楼。是的，这样做没错。他递给她很多面包片，等她的杯子快空的时候又重新倒满牛奶。这两点可以看出，她刚才做的是对的。或许他根本没有想到她是在假装睡觉，或许他不会把她送回去了。

不过，就这事她必须说点什么。毕竟这是结婚时发生的那点事儿。那天晚上，在他们换衣服准备吃饭的时候，当他转过身去时她鼓足了勇气说："昨天晚上那事，我很抱歉。"

他什么话也没有说。很可能，他很不高兴。她又开了口："我保证……我保证下一次……"

他回到床边挨着她坐下来，一半在她身后，一半侧倚着她。他把手指放在她的嘴唇上。"嘘——"他继续说道，"没关系。这种时候你非常紧张，这很自然。在我们离开这里之前我不会再打扰你的。"

这根本不是她想听的。他的话听起来并非不温柔，只是听起来好像在转移话题。她必须再试一次。毕竟，他们和父母是不同的，不是吗？——他们是读过书的人，而且迈克尔大概曾经光顾过伦敦的妓院。她把堵在她嘴唇上的手指移开。

"我争取下一次吧。"她说，她的身体开始有些颤抖。这也许是因为迈克尔正用力地搂着她的肩膀。

"这个话题到此为止吧，你会的。"他用双手托住她的脸，好像在抚摸一块肥皂。一只手遮住她脸的上部一直到她的鼻尖，另一只手盖住她的嘴和下巴。他的手指微微张开着，指缝里透出一点光线。他就这样捏着她，让她在温柔的笼子状的手里待了一会儿。

在他们蜜月的最后两个晚上，他没有打扰她。之后他们又回到了迈克尔那瘦骨嶙峋的母亲从自己冰冷的方形屋子中分给他们的两间房间里。第一周没有什么进展。或许是因为她和她的处女膜之间的暗争，所以她深夜醒来的时候总是发现他在和他的母亲谈话；或许她根本无动于衷，而他对她则是紧逼不舍。她会来到洗手间，在那里和自己作斗争并感到惊慌失措，然后又返回卧室，发现他已经睡着了，或者正在假装睡着。

“迈克尔。”她说，这是她第二次开口说话了。他哼了一声。“迈克尔，怎么了？”

“没怎么。”他说，而他声音的意思是说：没有没怎么。

“告诉我。”没有回答。“说啊。”没有回答。“你总不能让我猜吧？”终于，他带着疲倦的声音说：“一切本来都应该是自发而为的。”

“哎呀。”

第二天夜里，迈克尔借着一点酒劲把话说得更透彻了一些。如果不是自发的，那就没有意义了。由于没有什么更高明的意见，或者说由于没有任何想法，她表示同意。如果每件事都板上钉钉，那真是糟糕。说句难听的话，当正干劲十足地做一件事，之后你不得不消停一会儿，休息十分钟，那感觉真是令人恶心。她表示同意，心里感到很难为情，并想知道别的女人要多长时间才能适应。他们不可能这样把哑谜一直打下去，一直猜不中的谜底，就好像布谷鸟时钟上的天气预报小人一样。她表示同意。这样做可能不无裨益——比如，首先在彼此更加了解对方之后做这事会更好——比如他们可以在她愿意做的那一天……把她那东西放进去，不，当然，这是必需的……她表示同意。他反复思忖了这事，似乎星期六是最明显的时候，因为如果星期六夜里他十分疲惫的话总可以在周日早晨好好休息一下；或许星期三也不错，至少他现在的倒班时间还没有改变。她表示同意，她表示同意。星期六和星期三，她心里想着，星期六和星期三我们就会自发地做这件事。

这套制度效果不错。她处理小盒子也渐渐轻车熟路，迈克尔不再让她感到疼痛，她也习惯了他发出的各种声音——这些声音总让你想到小型哺乳动物平时的叫声。她的结论是，性当然还是不错的——让你丈夫的性组合词和你的对接，看到他在你的怀里变得像小孩一样幼稚，这些真的还是不错的。

不过即便如此，她还是有很多时间进行思考。毕竟现在已经不是她最爱迈克尔的时候了；她希望是，可事实正好相反。至于海德莉医生所说的她的下部的感觉如何……这个嘛，她所期待的那种相互交错、汹涌澎湃的浪潮都到哪里去了？还有，那些尖叫的海鸥、印着足迹（这些脚印的脚趾都朝外撇）的纯洁的海滩都到哪里去了？这和她以前所经历的完全不一样。难道一样吗？慢慢地，她想了起来。是的，就是那次，跟莱斯利舅舅在老果岭天堂玩系鞋带游戏那次。就是那种感觉：痒痒的，但是感觉很好，是有点奇怪，但是很独特。

在回忆的时候她笑出了声，但是这惊动了迈克尔，于是她转笑为咳。真是偶然呐。不过话说回来，她一直很清楚性还是很好玩的。这是她给海德莉医生说的话。海德莉医生可真傻。

一切就到此为止了，一天晚上，她躺在迈克尔的身下这样想。

她的生命到此为止了。对此她并不感到自怜，她只是发现了她的这个状况而已。你生下来，你长大成人，你结婚生子。在你结婚的时候，人们假装——或许他们真的是这样想的——这是你生命的开始。可事实并非如此。结婚是一场终结，不是一次开端，否则为什么那么多书和电影都是以婚礼殿堂作为结尾的呢？结婚是解答，而不是提问。结婚不是一件让你怨天尤人的事，它只是在你的眼皮子底下发生的事。你结了婚，那就意味着你安定下来了。

安定。人们常常用这个词。解决，安定下来，稳定。你还能解决什么呢，婕恩想。当然，还有账单。你借了钱，就要还债。长大和这很像。你的父母照顾你，希望能得到某种回报，即便你和你的父母都说不清那种期望到底是什么。总有一些账单要还清。婚姻就是解决债务。

这并不是说从此以后你便感到温馨幸福。不是这个意思。唯一的意思是，你被安定下来了。你会过得不错的：迈克尔曾经这么说过，母亲也这么说过。你会过得不错的。你通过了某种测试。即便你不会感到幸福，仍然会有人照顾你。事情就是这样进展的，这也是她所经历的。当然，会有孩子的，这总是会令男人们更加负责任。并不是说迈克尔不负责任——他毕竟是个警察。她会把他拾掇一番。他们会有一座房子。他们会有孩子。战争会结束。她现在已经是个大姑娘了。她仍然是——她还能够仍然做——迈克尔的小女孩；可是那是另外一码事儿。她已经长大成人了。他们的无助表明她已经长大成人，表明她已经被安定了下来。

第二天早晨，她一个人的时候照了照镜子。她棕色的头发已经没有了儿时的那种稚嫩的黄色。一双蓝眼睛里掺杂着一些说不清什么颜色的小点，就像羊毛线上面的小点一样。她的下巴方方正正的，也不再让她感到不顺眼。她试着朝自己笑了笑，但是没有什么作用。她会过得不错的，她想。她算不上漂亮，不会自满，但是她会过得不错的。

当她盯着镜子看的时候，那双像用羊毛编织出的眼睛也正盯着她看。婕恩感到，她现在知道了一切秘密；一切生活的秘密。屋子里有一个黑色的摸起来暖暖的壁橱；她从里面拿出了一件东西，那东西用牛皮纸包裹着，放在手上很沉。没有必要欺骗谁——没有必要在上面钻个孔拿着手电筒往里窥视。她知道该怎么办，她要探索一下。四个赭色的小点。当然，是高尔夫球座。你还会期待什么呢？只有孩子才会把它们当作风信子，期待它们生根发芽。成人们知道，高尔夫球座从来不会发芽。

II

三个智者——你当真吗?

——引自墙壁涂鸦

约1984年

迈克尔会用脚后跟擦出火花。这是多年后婕恩记得的关于他的一件事。在工具棚里，他保存着一件制鞋匠最后的宝贝——那东西是用铁做的，有三只脚，很沉，很像从哪个滑稽的乡下搞来的盾徽——就是在这个东西上面，他用锤子给他买回来的每双新鞋的鞋跟都钉上了钢块。他会走在她的前面，步伐稍快，所以每走几大步之后，她就不得不笨拙地半走半跑地跟上他。在他走路的时候，她会听到他脚后跟那锋利刀片滑动时的咯吱声，然后就会看到有火花从人行道上冒出来。

婕恩的婚姻持续了二十年。在那次扫兴的、令人有负罪感的蜜月之后，就是两个人生活在一起时那漫长而缓慢的岁月给人的惊惧。或许，在一起生活就如同不在一起生活一样，她曾有这样强烈的愿望——风清气爽的天空、明媚的阳光、松软的白云，一切都会继续的——她想象生活中将充满睡前的亲吻、充满热情的问候、傻乎乎的游戏，还有一些不可言说却神秘地得以实现的愿望。现在，她发现如果她还有什么愿望的话就必须说出来，而那些游戏，如果只有一个人来玩的话就显得愚不可及。至于那充满热情的问候，往往是在晚安吻别的时候随口而出，是那么有条不紊，以至于他们不可能总是保持热情。毫无疑问，迈克尔也是同样的感觉。但是，现在让她感到迷惑不解的是，你怎么能和一个人长相厮守却没有任何温情，或者说，没有任何她所想象的那种温情？他们在一起生活，吃饭，睡觉，一起讲一些旁人不懂的笑话，他们彼此了解，甚至熟悉到了脱内衣的程度。可是，这一切似乎都只能说明一些行为模式，而不是人们所珍视的那种互动的熟悉。婕恩一直在想——难道不是吗？——忍冬花会缠绕在山楂树的四周，那些生长在四周的小藤蔓就会相互缠绕搭成拱状，用一对三号球杆就可以把它们拢在一起，然后两根苗就会长成一根。傻，图画书思维，她意识到。即便她不能读懂迈克尔的内心，无法预测他的反应，她可能还是爱他的；即便他对她的内心生活感到洋洋自得，他可能也还是爱她的。刀子是不可能拥抱勺子的，就这么简单。要是你认为婚姻能够改变数学，那么你就错了。一加一总是等于二。

男人一旦娶了你，他们就变了。村里的女人都是这么说的。等着瞧吧，姑娘，她们曾经这样说。所以，当欢愉渐渐消退，疲惫和厌倦随之而来的时候，婕恩并没有感到十分惊讶。让她更感沮丧的是，迈克尔在求爱期间所表现的那种温柔和体贴怎么现在就变成了让她烦躁的原因。你如果期待他婚后还像以前那样表现，他似乎就会非常不高兴，而这种不快会导致更多的不快。喂，他好像说，你以为我以前是在骗你，没让你看到我的本来面目是不是？没有啊。那个时候我没有不高兴，可是我现在不高兴。你怎么能说我不诚实呢？可是，不管他是否诚实，也不管他现在是否不高兴，这对婕恩来说都不是什么重要的事了。

当然这主要还是她的过错。她推测她不能生孩子，这让迈克尔常常无端发火。这是很正常的，她想。迈克尔的火气无法解释并不是因为没有任何起因——或者说不是因为毫无借口——而是因为她一直无法怀孕。因此，他的火气常常是不可预测的。

开始的时候他还想把她送到一名专科医生那里去，可是她想起了上一次他劝说她——不，诱骗她——去伦敦的情景。一辈子遇上一次海德莉这样的专科医生就足够了。所以她拒绝了。

“或许我只是需要一点高山空气而已。”

“你是什么意思？”

“高山空气能够让受测者恢复活力。”她就像引用谚语一样熟练地引用书里的话回答。

“婕恩，亲爱的。”他拿过她的手腕捏了捏，仿佛准备说一些温存的话。“有没有人告诉过你，你简直愚蠢得不可救药？”

她把头扭到了一边，他抓住她的手腕，她知道她应该看着他——或者至少回答他——否则他不会放开她。他对她这么恶劣，究竟是什么用意？她或许很愚蠢，尽管她对此有点怀疑；可是，即便如此，这样的提议怎么会让他不高兴呢？自从他遇上她，她并没有变得比以前更聪明，而且那时候他似乎也不在乎这一点。她感到心如刀绞。

终于，她带着些许反抗，但并没有直视着他说道：“你答应过，如果我有缺陷的话，不会把我送回去的。”

“你说什么？”

“我去看海德莉医生的时候曾经问过你，如果我有什么问题，你会不会把我送回去，你回答说不会。”

“这和任何事有关系吗？”

“嗯，如果你觉得我有缺陷，你可以把我送回去。”

“婕恩。”他把她的手腕攥得更紧了，可是她仍然拒绝直视长在他那孩子气十足的脖子上的那张又大又红的脸。“上帝。看你说的。”他听起来很恼火，“看你说的，我爱你。上帝。看你说的，我爱你。只是有的时候我想让你……有所不同。”

有所不同。是的，她能够看到，这就是他想要的。她愚蠢得不可救药，还不会生孩子。他想让她变聪明、能生产。就这么简单。**正面朝上，我们就生六个宝宝；反面朝上，我们就养一只小乖猫**。他们应该去买一只猫了。

“我有点疼。”

“我爱你。”他几乎是喊着回答，只是声音里没有那种恼怒。结婚五年后，这种信息第一次没能够打动她。她也不是不相信他，但是这整件事根本不是诚实与否的问题。

“我有点疼。”她重复道。她感到自己很懦弱，不能直面他。毫无疑问，她的疼痛更让他鄙视她了。

最终他放开了她。但是几个月之后他又重提那个问题，要求她“去看看专科医生”。婕恩对这个不可捉摸的术语表示同意，只是在心里她默默地反复诵读着日出普罗瑟在隔壁屋子里睡觉时她曾经读到过的词语。**器官相对形态和位置的不当，她记起来了，还有子宫充血**。充血——她想到了来疏通下水道的人，这让她不寒而栗。不育，就是这个词，在《圣经》上出现过的这个词。不育，不会生育。不育让她联想到了戈壁滩，而戈壁滩又让她想到了莱斯利舅舅。拿好球杆头，不要放下，否则风大的时候就会沙尘乱飞，比戈壁里的沙子还多。她看到了一个高尔夫球手在障碍沙坑里不断地挥动球杆，试探，试探，试探，可是球就是不飞出去。

不过，有的时候，她怀疑她的问题并不像每况愈下的迈克尔所想的那样确凿无疑。在他们恋爱期间，她发现每当他提到孩子的时候，她就紧张万分。问题是一点点积累起来的，她曾想。她对第一件事的经历让她对第二件事产生怀疑。

或许她只是不太正常而非不育。或者接近不育。愚蠢得不可救药，不能生育，不太正常：这一定是她从外表上看起来的样子。但是，从里面感觉却有所不同。对于不育和不太正常，她可以一笑了之。对于愚蠢得不可救药，她能看出迈克尔的意思，但是她也能够看得开，不去在意。婕恩觉得，智力并不像人们所想的那样是一个纯粹而没法改变的特征。聪明就像善良一样——和某个人在一起，你可以品德高尚，但是和另一个人在一起，你就会卑鄙恶劣。这一部分和信心有关。尽管迈克尔是她的丈夫，尽管是他带领着她从童贞走向少女，从少女走向女人，再从女人走向成熟（这大概是全世界人的想法吧），尽管是他在身体和金钱上给她提供了保护，尽管是他奖赏给她一个新名字，让她抛弃“萨金特”改叫“柯蒂斯”，但是，奇怪的是，他却没能给予她信心。某种程度上说，当她十八岁懵懂又愚笨时，比现在更自信。此刻，二十三岁，和迈克尔生活在一起后，她觉得自己不那么自信了，因此也就不再像以前那样聪明。这样的发展趋势似乎很不乐观：首先，迈克尔让她不再聪明，然后他开始蔑视她，蔑视他一手造成的后果。

或许，她的不育也是他造成的。这有可能吗？什么事都有可能，她心想。因此，当他们再一次为她的缺陷争吵的时候，她抬起头，摸着他的眼睛，在勇气消失之前很快地说道：

“如果你去我就去。”

“你是什么意思？”

“如果你去我就去。”

“婕恩，不要像个孩子那样说话。重复并不等于解释。”

“或许你是有缺陷的那个。”这是他第一次动手打她。实际上，这是他们在一起生活的经历中他唯一一次这样做。他的动作算不上挥拳，只是很笨拙地齐肩一拍，落在了她肩膀和脖子的结合处；但是她那时候并没有意识到这点。当她跑出房间的时候，各种各样的词劈头盖脸地从四面八方朝她砸下来。**母狗！**这是她第一次听到这个词，**还有弱智、女人**。而最后一个词已经被千锤百炼，削得锋芒毕露，可以拿来挥舞砍杀。

在她把门关上之后，她仍然能够听到这样的词源源不断向她袭来。不过它们的存在已经没有了什么内涵：一个大小合适的两英寸（2.54厘米）的木门就能把一切对你的人格进行解剖的暴戾词语挡在门外，让它们变成无意义的聒噪。好像迈克尔只是在向她投掷各种各样的物体，它们撞击门面的声音没有什么不同——无论那是一个盘子、一个墨水瓶、一本书、一把刀，还是一把杀人无数之后仍然锋利无比的装饰有羽毛的战斧？婕恩听不出来。

几天后，她接受了迈克尔的道歉，但拒绝了他的爱抚。回想这件事令她心存感激。石头和棍棒会打断骨头，但言语永远不会伤到我。人们为什么会发明出这样的谚语？除非他们一清二楚：真实情况恰恰相反。伤痛会痊愈（在一小时中，她肚子里的疼痛感已消失），这个她知道，但言语会腐烂化脓。**女人！**迈克尔曾经这样对她喊。他首先把声音揉成球，这样他就可以扔得更远，砸得更准。

女人！尽管这个词本身并没有恶意，但语气中却充满恶毒。**女人**，这是他重新定义她的两个字，毫无冒犯之意——让她恼火的是它的新内涵。

打那以后，他们就不再谈论孩子的话题。这么多年来，虽然他们继续做爱，或许每月一次，或者至少是迈克尔想要的时候，但是，婕恩在整件事中感到非常被动。当她想到迈克尔和性的时候，她总是想到一个装满水的缸，需要时不时地倒空；不需要太经常，也不是什么可有可无的事，只是维持家庭运转的一部分而已。至于她和性的关系，她更喜欢不去想它。有的时候她假装比真实的感觉更快乐，这只是出于礼貌而已。她不再觉得性有多好玩，只是家常便饭而已。她曾经学过的那些话——那些令人兴奋的、似乎在挑逗她的傻乎乎的话——都已经是很久很久以前的事儿了，它们都是来自孩童之岛的话。你的身子不沾水是不可能离开小岛的。她想到了两个呈直角相交的波形图案并感到有些内疚。至于那些像宣传语一样的东西——正常性欲曲线与疲劳和过度劳累导致的女性性欲的小幅短暂上升曲线——它们就像一辆乡村公共汽车亭上的涂鸦一样已经被风雨剥蚀得斑驳难辨了。

她不再需要高山空气了，她的疲乏也并非源自身体。她为迈克尔操持家务；她在花园里种花除草；她养了一只又一只的宠物，因为她知道村子里的人都把它们当孩子看。她养过一只猪，但是跑掉了，后来发现它在一条马路中央吃玻璃球。她深谙动物习性，尤其是那些不见踪迹的动物，它们只有在她远离人烟的时候才会出现。有的时候，她躺在床上就可以听到刺猬打开装牛奶的果酱罐时叮叮当当的声音，好像在表示感谢，于是她就会发出会心的微笑。

二十年来，她一直是这个村子正常生活的一部分，她给聚会贡献茶叶，帮助邻里，捐款捐物。可是，在她的心里，她变成了一个无名无姓的人。她的生活并不惨淡，只是她很少感到幸福；她受众人青睐，但是她并没有成为村子里中央策划小组的一员。渐渐地，她发现，她只是一个再普通不过的人。迈克尔当然会认为她是一个普通人。可是还有比这更糟的事。小的时候，她曾经想，自己会变成一个与众不同的人，至少会变成一个与众不同的人的妻子；不过，所有的小女孩都这样想，不是吗？赘肉逐渐磨去了她脸上的棱角。天空总是阴沉沉地低悬在头顶，一块云也看不到，预示着雨水的到来。

这些年来，她常常想，迈克尔会不会有外遇。可是她没有发现染上口红的衣领或偷藏起来的照片，没有发现他偷偷摸摸把电话挂掉；不过话说回来，鉴于迈克尔的工作性质，他极有可能没有外遇。唯一的证据来自他看她的方式，仿佛是在5 500米的高空中向下窥探一艘浓烟滚滚的商船。她从来不问他，他也从来不主动说。谁能知道另一个人的生活是怎么样的呢？

她的父母去世了。当她三十八岁的时候，她的月经停了，这件事既没有让她吃惊，也没有让她感到懊悔：她觉得在很早以前，她的存在就已经完成了对自我的定义。她是不是有的时候半夜想尖叫？可谁不想呢？她只需要看一看其他女人的生活就会明白，她们的情况可能会更糟。她头上的第一缕灰丝出现了，但是她什么也没有做。

在停经一年之后，她怀孕了。她请大夫给她测试了两次才最终接受了诊断，并向他解释说，这个消息让她感到意外。他回答说这样的事倒也不是没有发生过，然后嘴里嘟哝着什么，很有礼貌地暗示去伦敦的火车。婕恩随即向他表示感谢，然后回家把消息告诉了迈克尔。

她并没有意识到自己是在试探他，尽管几年之后她承认她的确是这个意图。开始的时候他非常恼火，几乎是在生他自己的气，而这是她从没见到过的。他想指责她有婚外情，但却做不到，或许是因为这样的事根本不可能发生，也或许是他良心的自责不允许他这么做。于是他斩钉截铁地说，他们的年龄已经很大，不适宜再要孩子，因此她必须打掉胎儿。接下来他发表了评论，对二十多年后出现的这样一次转机表示惊讶。再接下来他又明确表示了自己的立场，认为这件事情太离奇了。当他想象到他的哥们儿得知这消息后惊讶不已的神情时，他还不由得笑了出来。他脸上露出一种迟钝而又放松的神情，然后就一言不发。或许他正在脑子里想象为人父的情形。终于，他转向婕恩，问她如何看待这事儿。

“噢，我准备把孩子生下来，离开你。”她本来并没有打算说任何像这样的话，可是不知怎的，她如同本能一样说出了口，并没有明显地振作勇气，她的话一点也不让她感到惊讶。迈克尔似乎也没有感到惊讶，他只是笑出了声。

“我的好妹子。”他用一种奇怪的口音说道，在正常情况下，这种口音会让她感到羞愧。可是现在，她只是感到迷惑不解。显然，迈克尔没有理解这一切。

“可是我准备离开你，然后生下孩子。我是这么打算的。”又一次，这些话并没有让她感到惊讶；既然她已经重复了一遍，这些话似乎不仅是不可辩驳的，而且变得平淡无奇。她也没有感到害怕，尽管他预料迈克尔会恼怒。他出乎意料地拍了拍她的胳膊说：“我们明天早上再谈。”然后他就开始告诉她当地百货商店发生了一系列衣服偷窃事件，这些商店刚刚进行过清仓甩卖。他们在女更衣间里面刚刚安装了一面双面镜。还有，潜藏在壁橱里的侦探刚刚抓到一名异装癖盗贼，当时他正在往他的胸罩里塞女式衬衫。

她很想说，你看，这件事真的和你没有任何关系；我说的是我的决定。我愿意过一种更加艰苦的生活，就是这样。我真正想要的是一种一流的生活。或许我无法实现，但是，我面临的唯一机会就是脱离二流生活。我或许会彻底失败，但是我想试一试。这和我有关系，与你无干，所以你不要伤心。

但是这样的话她一句也说不出来，因为她必须掌握分寸，就像掌握迈克尔是否有外遇的分寸一样。有些原则你必须遵守，允许某种场合下表达愤怒，尊重某种形式的谎言；你必须考虑另一个人的感情，假装你们两个人都有这样的感情，尽管你对此表示怀疑。当然，这一部分就是他所说的二流生活的样子。

她意识到，她的离开可能会伤害迈克尔。可是这种意识并没有让她产生留下来的欲望，反而有点让她鄙视他了。对于这样的态度，她并没有感到骄傲，不过她不否认，自从他们结婚以来，她第一次切切实实地感到她对他具有某种权威。或许权威永远会导致蔑视，或许这就是他为什么认为她愚蠢得不可救药。如果这是真的，那么她就更有理由选择离开了。

她想马上就离开，但没有这样做。她断定，对孩子来说，最好在头一个月里安安稳稳地睡好，不要被眼前生活的嘈杂回声所打扰；最好在她不得不采取行动之前，不要去惹麻烦。她已经为告别迈克尔做了些考虑。她怀孕一个月了，如果她现在就销声匿迹，村子里的人一定会嘀咕，说她跟着情人跑了，一个茶舞会的舞男，或者马戏团的大力士。如果她和孩子一起待在这里，或者怀孕时间很长，他们就不知道该信什么。或许他们会以为，她疯了。据说女人产后常常发疯，也难怪在她这样的年龄女人发疯的概率非常高。

邻居们告诉她，高龄生子是上天的赐福。医生悄悄警告她小心生下痴呆儿，然后又一次暗示前往伦敦的火车。迈克尔惶恐不安地望着她，一会儿像个小男孩一样自我庆幸，一会儿又感到无由地恐惧。她察觉到了这种恐惧，但并没有去安抚他。相反，她利用了这种恐惧。她知道，怀孕的女人理所当然应该为自己打算，母亲和未出生的孩子会成立一个自治共和国；来自原始氏族的古老的魔法会让男人们在妻子肚子变大的时候行为发生改变，让他们懂得敬畏，而这种敬畏常常表现为懦弱。

因此，婕恩开始让自己表现得比真实感受更随性。她开始变化无常，因为迈克尔对她就是有这样的一些期待。的确，有的时候，她感觉自己不可捉摸。搅拌鸡食的时候，那种油腻的肉味让她很想端起桶扣在嘴上痛饮一番；不过她没有向迈克尔提及她的这些古怪的想法。相反，下午的时候，她会在单调阴沉的天空下散步，一走就是很长时间，这时她会有意地练习一下自己的反复无常。她会有意地做出和自己性格和感情相反的行为。她发现她学会了向迈克尔表达愤怒和厌倦的方式，尽管当她真的感到愤怒和厌倦的时候，很少显露出来。她只是在恰当的场合才试探一下。

怀孕似乎提高了她对事情的期望值，她的行为也越来越容易失常，就像有人在她耳边悄悄对她秘密倾诉——性格不一定是一成不变的。她并不那么享受这个欺骗的阶段，但是她觉得这个阶段至关重要；她还没有足够的勇气做一个完全诚实可信的人。或许这种品质会随着她的新生命，也就是她的第二次生命的到来而到来。她想起了莱斯利舅舅送给她的那几朵令人失望的风信子。好吧，高尔夫球座说不定会发芽呢。不管怎么样，它是用木头做的。

※※※

秋天的天空平荡荡的，没有丝毫变化，一股风吹来，撩起了她的雨衣，露出了她的肚皮，每当这个时候，她都会想起飞行员中士普罗瑟。在她举办婚礼之前，他执行任务已经有几个星期了。他站在涂过杂酚油，画着日出图案的大门旁，双脚不断地挪来挪去，还时不时突然低头去检查一下胳肢窝下的公文包是否还在。最后，他会看着别处笑一笑，然后跺着脚走开。婕恩曾经想邀请他参加婚礼，但迈克尔皱了皱眉头表示反对。普罗瑟怎么了？婕恩抬头望着天，仿佛期待它给出答案。

普罗瑟曾经非常勇敢。他说他很怂，他说他栽过跟头，但是这些都不重要。有勇敢就有恐惧，承认恐惧就是勇敢。男人的勇敢和女人的勇敢是不同的。男人的勇敢表现在冲锋陷阵，九死一生。女人的勇敢——至少大家都这么说——表现为坚韧不拔。男人们在强烈的力量爆发中展现勇气，女人们则在忍辱负重中展现勇气，这和他们的本质相得益彰：男人比女人更加易怒，脾气更暴戾。或许你只有生气才能表示勇气。男人们闯荡世界，勇猛无畏；女人们操持家务，通过忍耐男人不在身边的生活来展现勇气。接下来，婕恩不无讽刺地想，男人们回到家来就脾气暴烈，而女人们则通过忍耐他们的形影相随而展现勇气。

她怀孕七个月的时候离开了迈克尔，那天早晨她还去商店为他买了些东西。毫无疑问，有些事办起来有相当的难度，比如……呃，收入所得税；不过，先前她对这些难办的事都有所了解，甚至为此感到犯难，这或许是她这些年来一直没有离开他的原因，不过现在这些事情已经不那么重要了。并不是说怀孕让她更聪明了一些，而是她看待事情的角度发生了变化；不过，这本身就是智慧的一种表现。她想到村子里的其他已婚夫妇，发现她的状况并不是最差的，为此，她感到欣慰。比如，莱斯特夫人有的时候会一连几天待在家里，因为身上的伤还没有痊愈。有一次她对婕恩说："我知道他有点难以克制自己，可是如果我离开了他，谁来给他洗衣服呢？"对莱斯特夫人来说，这样的逻辑有一种完美的伤感。当时婕恩点头表示同意，并认为莱斯特夫人有些头脑简单，尽管还不是那么的简单。

村里的女人（婕恩并不把自己排除在外）管理着她们的丈夫。她们给他们做饭，服侍他们，帮他们把自己打理干净，帮他们洗衣，对他们充满敬意；她们接受男人们对世事的解释。作为回报，她们收下他们的钱，获得一席可居之地，得到安全保障，生下孩子，并且在村子的等级制度中获得不可逆转的提升。这似乎是一笔相当合算的生意；一旦完成这笔生意，她们就会在丈夫的背后指手画脚，把他们称作孩子，谈论他们幼稚的做事风格。对她们来说，她们的丈夫以为自己管束着自己的妻子：他们说，你必须既严格又公平，不过，如果你得让她们懂得谁是老板，经常给她们布置家务活，并且不让她们知道你留了多少啤酒钱，那么，一切就会正常。

选择离开的那一方总是有罪的。“她就这样卷铺盖走人了。”“他毅然决然地离开了她。”离开就是背叛，离开就是放弃你的权利，离开暴露了你的性格缺陷。还是坚持吧；有苦就有乐，破果子也比烂果子强，生活就是充满波折，花开总有花落时。这些话她不知道听了多少遍，说得轻松，而且听起来让人开心。人们说，逃离就暴露了你的怯懦。婕恩心想是不是应该反过来说。

愚蠢得不可救药，迈克尔曾经这样说。如果我愚蠢得不可救药，你娶了我也不是什么聪明之举。她或许应该这样回答。或者她应该这样说：是的，我这么长时间以来一直容忍你，就是愚蠢得不可救药。只不过还没有到达最糟糕的地步——莱斯特夫人的情况更糟。但是，当迈克尔对她喊“女人”的时候，那个词像炸弹一样呼啸着在屋里盘旋，她或许应该平静地回答：男人。意思就是——你当然正在努力表现，争取像一个男人，但是这对你来说同样也非常困难。我可怜你。男人应当被怜悯，婕恩想。先表示怜悯，然后再抛弃他们。女人一生下来就相信男人是答案。实际上他们不是。他们甚至连问题都不是。

我说过我会离开的。这是她留下的唯一一句话。她应该留言，否则迈克尔会误解她的意思，翻山越岭去找她。但是，她不需要给出解释，她尤其不需要道歉。**我说过我会离开的**。她在一张有蓝色线条的信纸上写下了这句话，把它留在厨房的餐桌上，用她的两个戒指压住，那个银色的镶有石榴石的是订婚戒指（这是迈克尔的母亲送她的），铂金色的是结婚戒指。当她坐着火车准备离开的时候，她不断地对自己说：**我说过我会离开的**。很长时间以来，她一直在扮演倾听者和默许者的角色，虽然被宣布为我们的一员，但她对此却从不相信。现在她变成了一个“我”。不过，很快又会变成“我们”，她想，但是这次却是不同的。母与子，这是一种什么样的“我们”呢？她在手提包里翻来翻去，找到了一小块薄薄的锡片。上面写着“婕恩·萨金特·×××”，这让她舒了一口气。格雷格利出生的时候，她昏迷了过去。这种方式倒很不错，人们说。像你这样的女人可能会有各种各样的综合征。她没有表示反对。当她苏醒过来的时候，他们告诉她，她生了一个漂亮的男孩。“他是不是……”她似乎在探索她脑子里正在沉睡的那一部分——“他是不是有什么缺陷？”“别瞎想，萨金特夫人。”有个声音回答她，语气中带着一点责备，好像生出天生不完美的孩子会败坏医院的名声。“你瞧你说的。他全身上下都好得很呢。”

他看起来和其他婴儿一模一样，婕恩也和其他母亲一样发现他完美无瑕，超过了所有诗人的动情描绘。他是一个平凡的奇迹，是脆弱和壮举的结合，这种结合使她一会儿害怕，一会儿自豪。当婴儿的脑袋重重地向后垂在他那如同卷心菜杆一样脆弱的脖子上的时候，她惊慌失措；当那小小的手指像运动员紧握肋木那样抓着她的拇指的时候，她心中又荡漾起无比的满足感。起初的时候，她似乎需要不断地给他清理——他身上的所有孔无不在争相往外排泄，只有他的耳孔懂得什么是得体的行为。不过，她很快就适应了这一切，适应了婴儿带来的一切新气味。她的生活又开始了，这是一件值得纪念的重要的事情。格雷格利给了她重新生活的机会。就为这点，她应该加倍爱护他。

她学会了发出各种能让他安静的声音，有的声音还是在她豢养动物的时候学会的。她咋着舌头，碰撞着牙齿，有的时候则会发出不同的声音，就像昆虫的嗡嗡声一样，或者远处的飞机声。他长出了第一颗牙，她认为这是一件具有世界意义的事情，比苏联发射第一颗人造卫星还要意义重大。

直到他上学的时候，她无论走到哪里都带着他。她在酒吧里工作，在便宜的饭店和汉堡店打工。她记得他围嘴上的炸洋葱的气味；她记得有一次在克拉伦斯公爵饭店里不得不把他藏在密室里，仿佛他是个两岁的酒鬼似的；她记得他那警觉、忍耐的目光紧紧跟随着满头大汗的厨师、受人骚扰的服务员和满口脏话的送酒员。她的雇主们常常塞给她一些零钱，让她给他买吃的。她把莱斯利舅舅零零星星寄给她的衣服改给他穿。莱斯利舅舅已经从美国回来，但是他现在不再给她寄食品礼盒，而是寄来一包包衣服，有的衣服需要稍微改动一下。在他五岁生日的那天，格雷格利收到了一件低胸礼服，胸围42英寸，还有一件满是小疙瘩的晚礼服衬衫以及一条紫色的腰带。

格雷格利很少抱怨。他渐渐长大，成了一个安静、腼腆的男孩。他生性胆小，这限制了他的好奇心。他更喜欢看着其他孩子玩耍，很少加入他们。婕恩和格雷格利前前后后一直住在有集市的小镇上，也就是那些有公共汽车站但却没有教堂的地方。婕恩不信任乡村生活，同时对城市生活保持警惕。他们到处租房子住，从不和别人交往；她努力试图忘记迈克尔。格雷格利从来不抱怨他们的游击式生活；当他问到他父亲长什么样子的时候，他得到的回答相当精确，甚至还被暗示他父亲和他刚离开的那些学校的严厉校长很像。

开始的时候他们常常搬家。每当经过警察的时候，她很少不想到迈克尔。婕恩变得神经兮兮，生怕这些警察会把消息传给他。有一次她在街头碰见一个警察，他忽地把头低下靠近衣领处朝着对讲机窃窃私语，婕恩仿佛看到了躲在某个地下司令部里的迈克尔，就像温斯顿·丘吉尔一样。在想象中，她看到自己的脸出现在昏暗的蓝色路灯下的海报上。迈克尔知道她究竟躲在哪里，他会派他们把她抓回去的。他会派他们用敞篷马车把她带回去。她的脖子上会挂上牌子，所有村庄的村民会倾巢出动，咒骂鄙夷逃亡的妻子，将她赶出村庄。婕恩想起了她的结婚手册上的一个警句：**时刻准备逃离**。这真是讽刺啊。

或者迈克尔会派人把格雷格利带走，这才是她真正害怕的。他会说她是从家里出逃的，因此不适合抚养儿子；没错，他会最终宣判她为叛徒。他会说她不负责任，他会说她有外遇。格雷格利会被带走，他会和迈克尔一起生活。迈克尔会找一个情妇并假装她是女管家。村子里的人会称赞他把儿子救了回来，使他远离淫荡女人的流浪生活。他们会说她有吉卜赛血统。

所以他们必须不断地逃跑。他们必须不断地逃跑，而且婕恩绝不会给任何男人机会。并不是说她不需要他们，或许她有点害怕他们——她有点害怕像普罗瑟说的那样栽两次跟头。当然，她更害怕的是，如果她给他们机会的话，格雷格利就会被带走。报纸上经常报道这样的案件。所以当有男人向她套近乎，或者表现出向她套近乎的趋势的时候，尤其是当她自己也有点需要他们的时候，她总是悄无声息地就消失了。她常常玩弄在市场小摊上买到的一枚黄铜戒指，常常自个儿呼喊格雷格利的名字。她开始不太在乎她的外表，任由她的头发披散着，露出与日俱增的灰发；她身体的一部分已经开始盼望不再被这尘世的焦虑所羁绊。迈克尔并没有寻找她。很多年之后，她发现他曾经给莱斯利舅舅打电话，打听她的消息，并让莱斯利舅舅答应保守秘密——他知道他们住在什么地方，格雷格利在学校表现如何。他从来没有请他们回去。他没有找情人，甚至连管家也没有找。五十五岁的时候，他死于心脏病。婕恩继承了他的房产，并把这视作过去的记忆维护着。

在格雷格利十岁的那个圣诞节，他收到了来自莱斯利舅舅的一架飞机模型。战争结束后，莱斯利带着各种各样的英雄传说回到了英格兰——你只消听听就明白了——他的故事讲的都是离奇、惊险的经历。当他开始讲故事时总是敲一敲鼻子一侧，暗示下面的内容必须保密。不过如今，婕恩早就受够了男人们的冒险故事。或许她已经成熟，不再相信莱斯利舅舅那一套——这是个残酷的规律，但是你不能永远是那个莱斯利舅舅。她喜欢莱斯利舅舅，但是两个人玩孩子游戏已经没什么意义了。她发现，当莱斯利舅舅给格雷格利讲他的故事，描述他如何在1943年驾驶小型潜水艇横跨英吉利海峡，在迪耶普附近的海滩上勒死一个德军哨兵，攀上悬崖引爆当地的重型水力发电站，然后顺着绳子溜下来跑开的时候，她总是自言自语："哦，莱斯利，闭嘴！"就像莱斯利在描述如何在不见星光的夜空下开着袖珍潜水艇乘风破浪潜入黑色水域的时候一样，她总是低声嘀咕："哦，莱斯利，闭嘴！"尽管如此，当她望着两张失望的脸庞时，她感到这样做有点不公平。为什么她要剥夺格雷格利像她当年一样和莱斯利舅舅共度美好时光的权利？因为这不是真的，她想。莱斯利现在大概七十岁了，尽管他只承认他不会再回到二十五岁。除了去洗洗耳根，他再也不去老果岭天堂了。或许一遍遍的清洗影响到了他对真实性的理解。

那架飞机模型是一架莱桑德式联络机，格雷格利鼓捣了好几天才发现它的底仓和尾部丢失了。或许这件礼物是莱斯利舅舅费尽心机和人交换得来的，他似乎把钱当作一种非常原始的交换工具。婕恩去一家玩具模型商店，询问他们是不是有替换零件，可是被告知那条生产线早在几年前就已经停产了。

为了安抚儿子，她给格雷格利买了一架飓风式战斗机模型，她非常骄傲地站在一旁，有意无意地看见他切下第一片巴沙木的支撑杆。他一言不发地摆弄玩具，弯曲的小铜刀的刀刃时不时反射出光线。她最喜欢刚刚搭起来的站在报纸上只有骨架的飞机，它看上去十分优雅，没有任何威胁感。接下来，他要给木骨架蒙皮，这意味着需要更谨慎操作。格雷格利用有机玻璃做座舱罩，绵纸做机翼和机身，再安上黄色的塑料螺旋桨和黄色的塑料轮子。在格雷格利给飞机表面涂料的时候，整整一天屋子里都散发出一股梨子糖果的气味。飞机的蒙皮松松垮垮地垂着，等涂料干燥之后，又重新绷得紧紧的。玩具说明书建议把飓风式战斗机涂上伪装色——上表面涂上一圈圈绿色和棕色，可以和英国乡村的景色融为一体，下表面涂上蓝灰色，可以和英国阴晴难测的天空相融合。格雷格利把飞机上上下下全涂成了猩红色。婕恩为此感到释然。许多年前，她非常熟悉的那种柔韧的轮廓曾经给她带来愉悦和忧伤；现在，这种滑稽的色彩和傻乎乎的黄色轮子让她感到，这只不过是一个儿童玩具而已。

“我们什么时候去试飞？”

可是，格雷格利摇了摇头。他长着一张圆脸，非常严肃认真，而且刚刚配了一副眼镜。他搭起来的飞机是用来观赏的，不是用来飞行的。如果试飞的话，飞机也许会摔毁。如果摔毁的话，那就证明他没有搭好飞机。没有必要冒这个险。

格雷格利做了一架猩红色的飓风式战斗机、一架喷火式战斗机、一架橘色的梅塞施密特战斗机，还有一架绿宝石颜色的零式舰上战斗机。他只试飞了其中的一架。或许他感觉到了母亲暗地里的诧异，或许他把这理解为失望，因为一天晚上他宣布他买了一架带有喷气式引擎的吸血鬼战斗机，而且他准备试飞这架。婕恩又一次观察他皱着眉头聚精会神地组装飞机的样子，注意到他用闪闪发亮的刀子小心翼翼地切开巴沙木，这次非常准确。她看到胶水在格雷格利的指尖上凝结变硬，变成第二层表皮。等到晚上的时候，他又把这层皮揭掉。她闻到了梨子糖果的气味，再一次观看他小心翼翼地把一个松散的架子搭好，毫厘不爽地紧紧固定住，使它陡生威力。吸血鬼战斗机看起来很笨拙，机头短短的，像豌豆一样大小，尾部用长长的支撑杆和机翼相连。在格雷格利最终把它涂成金色之前，婕恩一直觉得它像一颗垂在架子上的蚕豆。

他们租住在托斯特郊区的一间房子里，房子后墙上悬着火灾逃生楼梯，弯弯曲曲地直通地面。通常情况下，格雷格利并不信任这个锈迹斑驳的铁楼梯，他甚至害怕拐角处的实心台子会掉下去；不过，现在，他已经毫不担心了。楼梯悬在离地面4.6厘米的空中，离它14米远的地方有两棵标记花园边缘的云杉树，在姜黄色的山毛榉篱笆的外面是开阔的田野。天空是秋天那种特有的淡蓝色，稀稀拉拉的云在高空中飘浮着，就像水蒸气留下的痕迹；轻风拂面而来。

这是完美的试飞天气。

格雷格利打开吸血鬼战斗机底部的铝质小引擎盖，放入一缸棕色的固体燃料。他从一个小孔里塞进去一条油绳，把飞机举到与肩齐平的高度，抓着那蚕豆大小的机头，请母亲点燃导爆索。当飞机噼噼啪啪地迸出火花发动的时候，格雷格利轻轻一推，飞机便立刻升到了自由的天空中。

它在空中完美地滑翔着，好像在热情地肯定着格雷格利精湛的技艺。可是问题是，它不断地滑翔，无法停下来。最终飞机降落到了下面的草地上，没有造成任何损坏。很可能油绳过早燃尽，没能点燃推动燃料，也或许燃料太潮湿，或者太干燥了，或者是其他缘故。他们走下楼梯，捡起那闪闪发光的金色吸血鬼战斗机。

飞机的引擎不见了。绵纸上有烧焦的痕迹，机头的下部还有一个洞。婕恩能够看到格雷格利皱起了眉头：引擎一定是在发动的过程中掉落了。他们首先在楼梯的底部寻找，但是一无所获，然后他们顺着参差不齐的草丛来到飞机降落的地方。他们顺着飞行路线各个方向寻找，直到最终发现对格雷格利建造和组装技术极为不利的证据。他一言不发回到了家里。那天下午快黄昏的时候，在灰蒙蒙的有点不祥的天空下，婕恩在被云杉树隔在外面的姜黄色山毛榉篱笆里找到了那个铝质的小引擎。引擎没有出什么故障，它显然在天空飞行过。它只是把吸血鬼战斗机甩在了后面，就是这么简单。

格雷格利放弃了组装飞机。在这之后不久，婕恩似乎注意到格雷格利开始刮胡子了，他不再戴镜腿能够伸缩的金属儿童眼镜，开始喜欢上角质边框，并且开始从角质边框的眼镜镜片后面观察各种女孩。并不是所有的女孩都会回看他。

即便在迈克尔去世之后，他们依然不断地逃离。十几岁的格雷格利已经上了十几个学校。每到一个学校，他很快就能加入那些男孩们组成的无名安全的小团伙，从而躲过被高年级男孩欺负的厄运，但也从来不会受人欢迎。没有人讨厌他，但也没有人因为特别理由而喜欢他。他总是在操场的一角默默地旁观着那些吵嚷打闹的孩子。婕恩还记得他十四岁时坐在一个公路餐馆的角落的情形，她那时是这家餐馆的助理经理。餐馆横跨马路两侧，格雷格利坐在灰暗的平板玻璃窗边的一张桌子旁，正在玩莱斯利送给他的一个电子象棋游戏机。游戏机少了两个卒，每走一步或催促对手出棋时都会发出嘀嘀哔哔的声音。格雷格利就坐在那里，对着方格棋盘友好地微笑，仿佛在赞扬它充满人性。在等待计算机思考的间隙，他会偶尔转移视线看看楼下的车流，或者看着熙熙攘攘的人群匆匆忙忙地赶往其他地方。他良久地注视着他们，没有一丝羡慕。

婕恩不这样做。她的眼睛总是密切地关注着她的工作，因为她很难抵制住往桥下看的诱惑，很难不被车顶上放着野营器具匆匆而过的福特房车所吸引，很难不被满载长发姑娘和笑声的敞篷越野车所俘获，也很难不被拖着垃圾从一个县区到另一个县区的脏兮兮的卡车所打扰。格雷格利是怎么做到就那样无动于衷地坐在那里，对着他那不断嘀嘀鸣叫的棋友频频点头，而不被来来往往呼啸而过的车流所吸引的？她在公路餐馆的工作干得不错，但是并没有干多久。

当格雷格利终于长大，可以单独生活的时候，婕恩开始去旅行。她父母去世的时候给她留下了一笔钱，再加上一些迈克尔给她留下的。格雷格利劝她把钱花在自己身上。现在她已经五十多岁，有一种到别处去的欲望，到任何地方都行。在抚养格雷格利的过程中，她已经去过英国大部分地区，可是逃离并不等于旅游。她偶然结识的一个朋友告诉她，这种新的冲动实际上是对性欲的取代。“展开双翼飞翔吧，婕恩。”那个二十五岁的姑娘说道，她已经振翅高飞过，她双翅间的羽膜已经伸展得如纸巾那样细薄。婕恩认为，大多数事物并不是其他事物的代替品，它们只是它们自己。“我想旅游。”她言简意赅地回答道。

她不想探索，对探险也没有什么特殊的兴趣；她只是想到别的地方去。她首先跟着旅游团到了欧洲各大城市——她一路上花了三天时间昏沉沉地坐在大巴里，然后按部就班地参观博物馆，又花了三天时间询问菜单上她觉得会让自己惊喜的菜肴——大多数菜肴的确让她惊喜。她是一个人去旅游的，有时即便想念格雷格利，她也极少感到孤独。她发现，最简单的东西都可以成为她的伴侣——一张她不懂的语言的报纸，一段遍布油斑、映照着彩虹的运河，一个展示着原始药剂师或者野蛮的胸衣女裁缝作品的橱窗，还有充满着咖啡和消毒液气味的街头一角。

一年秋天，莱斯利说自己在赛马赌博中赚了一笔并给她买了一张金字塔一日游的协和航空的机票。这简直就是平庸和奢侈的完美结合。她太激动了，完全忘记询问舅舅获奖马匹的名字。婕恩在渐染棕黄的英国麦田上空吃了早饭，在开罗假日酒店吃了自助午餐。她匆匆忙忙跟着人群参观了中东市场，头上裹了一条阿拉伯的劳伦斯的头巾，拍了一张集体照，并被举到一头骆驼身上坐了一会儿；最后，她被带到了金字塔和狮身人面像那里参观。原来它们离开罗这么近！她一直以为狮身人面像应该藏匿在变幻莫测的沙漠里，以为金字塔就像海市蜃楼一般在阴森森的月光照射下矗立在遥远的沙漠里。但是，他们只是坐着马车穿过开罗的郊区就来到了这里。原来世界七大奇观之一的金字塔和狮身人面像是一日游就可以往返的景点。

在黑色的地中海的一片天空上，飞机晃动了一下脑袋，这时一段童谣跃入她的脑海，那是几十年前乡村学校教《圣经》的老师教她的：

第一要数金字塔，埃及古迹甲天下；
巴比伦花园排第二，塞米拉米斯王妃乐开花；
第三摩索拉斯王陵墓，深情、罪恶难分家……

她卡了壳："第三摩索拉斯王陵墓，深情、罪恶难分家……"罪恶，罪恶，好像是……建造，对，没错。"艾菲索斯城内造——或者是艾菲索斯来建造？"

"第五罗德岛上日神像，铜头铜身对海笑……"——她忽然记起了歌词，但是下面是什么却再也想不起来了。朱庇特的什么东西，或是埃及的什么东西？

回到家之后，她来到图书馆查询世界七大奇迹，可是却找不到歌谣中所唱的任何一个。连金字塔也找不到吗？或者巴比伦的空中花园也找不到吗？百科全书里是这样说的：罗马斗兽场、亚历山大城的地下陵墓、中国的长城、巨石阵、比萨斜塔、南京瓷塔、君士坦丁堡的圣索菲亚大教堂。

好吧，或许是两个不同的排名。也或许是因为随着新的奇观不断地诞生，旧的建筑消殒，因此他们不得不经常更新排名。或许每个人都可以自己排出世界七大奇迹的名单。为什么不呢？她觉得亚历山大城的地下陵墓算不上什么，或许这些陵墓早已经不存在了。至于南京瓷塔，一个完全由瓷器建成的建筑仍然保存完整，那是绝对不可能的。即便它依然存在，响马流匪也早把它给推倒了。

她脑子里这时浮现出一个计划——她准备周游世界七大奇迹。她已经见过巨石阵了，也去过比萨斜塔和罗马斗兽场。如果能用金字塔替换地下陵墓的话，她就已经参观过四大奇迹了。现在只剩下长城、瓷塔和圣索菲亚大教堂了。前两个地方她可以一趟去，如果瓷塔已不复存在，她就换成夏尔特大教堂，这个地方她已经去过。这之后就只剩下圣索菲亚大教堂了，不过莱斯利舅舅有一次告诉她土耳其人吃刺猬，所以她就换成了科罗拉多大峡谷。她意识到这有点像作弊，因为科罗拉多大峡谷不是人工奇迹，不过她觉得这也无所谓了。现在谁能管她呢？

六月，她参加了一个旅游团，来到中国。他们首先到了广东、上海和南京。在南京，她向当地导游打听了瓷塔的所在。那里有鼓楼，有钟楼，但是没有人听说过瓷塔。这正是她预料之中的。她的旅游手册上对这个地方只字未提，不过手册上倒是告诉她南京人特别为祖冲之和范缜而自豪。祖冲之是一名数学家，精确地计算出了圆周率的近似值，而范缜是一个哲学家，他写下了有名的《神灭论》。真是奇怪啊，婕恩心想，难道灵魂不是永恒不灭的吗？灵魂要么存在，要么不存在。你怎么可能把它消灭呢？或许这是因为翻译得很差吧？至于圆周率，难道它不是一个绝对值吗？一个人精确地算出了圆周率的近似值，这有什么值得庆祝的？这两个词不正好自相矛盾吗？她原来以为中国人会与众不同，可现在似乎一切恰恰反了过来。

他们在北京待了三天，这个城市现在已经不叫北平了。第一天，他们去了长城，两腿僵硬地爬了一小截城墙，而远处的长城在崇山峻岭中蜿蜒曲折，时隐时现。它是月球上唯一能看见的人造建筑——当婕恩把头探进那散发出公共厕所气味的漆黑一片的瞭望塔里时，她努力在心里默念着这句话。她还注意到刻在长城顶部石头上的大量的涂鸦。这些是中国式涂鸦，因此，它们看起来很优雅、得体。旅游团里一个长着红胡子、满脸堆笑的家伙注意到了婕恩，告诉她这句话的意思是“等敌人走近时再开枪”。婕恩礼貌地笑了笑，不过她的心思在别处。为什么中国人要把涂鸦写在墙上呢？难道涂鸦是个十分普遍的本能吗？这种本能是不是就像坚持不懈地计算圆周率、无限地接近绝对值的那种本能？

第二天上午，他们参观了皇宫和博物馆；第三天参观了寺庙和古玩店。在天坛，有人向他们保证会有惊喜——回音壁。婕恩记得曾经有人带她去参观过一座耳语画壁——或许在圣保罗大教堂里面也有一堵这样的墙——不过她已经不确定自己是不是记错了。

回音壁在天坛建筑群的南边，它呈圆形，半径约二十七米到三十六米，两侧各有一条通道。婕恩到达回音壁的时候，成群结队的中国游客正在试验是否能够听到回音。导游解释说，如果两个人背对背站在回音壁两边，用正常的声音以稍微倾斜的角度对砖头讲话，他们就会清楚地听到彼此的声音。究竟这种效果是出于设计还是偶然，没有人知道答案。

婕恩走到最近的墙边。她现在感觉非常累。北京的空气极其干燥，细小的沙尘四处飞扬。他们说，这些沙尘都直接来自戈壁。“拿好球杆头，不要放下，”莱斯利舅舅以前常常这样说，“否则风大的时候就会沙尘乱飞，比戈壁里的沙子还多。”迈克尔曾经认为她就像寸草不生的戈壁一样不能生育。沙尘飞到了她的眼里，她蓦地感到一阵伤感。回音壁不应该是一个人来玩的地方，就像爱情隧道不是一个人兜风的地方。她想念起了……某人，某个她也不知道是谁的人。不是迈克尔，或许是迈克尔的一部分，一个还在她身边陪伴的人，一个仍然可以做伴侣的人，他会走到回音壁的另一边对着墙壁咳嗽，然后回到中央，嘟囔着说这玩意不灵，他难道没听说过中国产印度茶这样的无稽之谈吗？一个有点喜欢抱怨但从来不当真的人。一个能容忍她但从来不让她害怕的人。

算了吧。她靠在墙上，用耳朵贴紧砖上的曲线。她先听到了一阵微弱不清的说话声，然后传来了清晰的西方人的对话。

“继续说。”

“不，你先来。”

“继续。”

“我害羞。”

“你不会害羞的。”

声音来自婕恩所在旅游团里的一对夫妇，但是她不知道他们究竟是谁。回音壁似乎滤掉了声音中的个性，使他们成为全然的西方人，只有男女之别。

“你觉得这地方会有监控吗？”

“你哪儿来的这样的想法？”

“我觉得有个家伙在偷听。你看到了吗？那个戴帽子的家伙？”

婕恩抬起头来看了看。距她不远处有一个中国老头，身穿军绿色夹克衫，头戴一顶方帽，正在朝回音壁这边探头探脑。那对西方夫妇的声音开始清晰可辨：他们是一对年轻夫妇，穿着显眼，刚刚完婚，来享受惬意的旅行。

“中国皇帝那玩意都又大又黄。”

“文森特！看在上帝的面子上，别说了！”

“我只是想试试，看那顶方帽能不能听懂英语。”

“文森特！说点别的吧。说点干净的话！”

“好吧！”

“接着说。”

“准备好了吗？”

“好了，接着说吧。”

“你的腿真漂亮。”

“哦，真的吗，文森特？”

婕恩不再理会他们，也不再理会那个伸着脖子偷听他们肆无忌惮对话的中国老人。哪个更好呢——就像他那样什么都不懂，还是像她那样什么都懂？

除了圆周率和关于灵魂的问题，婕恩发现中国并不是那么奇怪，而是比她想象的更容易理解。的确，有的时候，你无法理解，它就像从满是灰尘的曲壁上听到的呢喃声一样含混不清；但是更多的时候，你能够理解，它就好像是你自己的声音一样，那声音充满自信，抑扬顿挫，铿锵有力。“在亚洲时代……”导游常常以这句话开始。开始的时候，婕恩以为她听懂了，觉得中国人把以前都称为亚洲时代，因为中国文明就是在这个时代达到鼎盛的。尽管她后来知道他们想说的是“古代”，婕恩还是更喜欢听到“亚洲”这个词。[1]在亚洲时代……

“我们在田里种小麦和虱子。”[2]旅游团里的其他成员咯咯地偷笑起来，尤其是那一对傲慢的年轻夫妇；不过婕恩更喜欢这种另类的语言。“田里种的是甜菜、马铃薯和女士。”[3]“1974年后悔了寺庙。”[4]

“现在我们在哭泣中心。”[5]婕恩在广东听到这句英语后也忍俊不禁。不过她笑的是这句话太恰如其分了。一个个西方人走下旅游大巴，花钱买下一大堆大多数中国人都负担不起的东西。这当然应该叫哭泣中心了，这里就是广东的哭墙。

不，这块土地真的并不那么奇怪。这里的乡村贫穷、简朴，但是它让婕恩脑海中浮现出她儿时亲历的画面：一头被拴在自行车挂篮上带去集市的猪；一个在市场上买菜的老太太，从菜摊上拿起两个鸡蛋，对着光线仔细检查；一片讨价还价的嘈杂声；双腿叉开推着犁铧在潮湿的土地上耕作，仿佛在进行古老仪式的农民；还有衣服上缝缀起来的一块块补丁。西方的战争已经渐渐消停下来，而这里热闹的景象显得活力四射、充满生机。在四川的一个小村庄，旅游大巴停了下来，游客们方便的方便，拍照的拍照。这时，她看到

---

1 “亚洲的”（Asian）和“古代的”（ancient）在英语中发音接近，由于导游发音不准，吞掉了鼻音n和尾音t，因此导致了婕恩的误解。

2 在英文中，“稻米”（rice）和“虱子”（lice）发音相近，这里仍是发音不准导致的误解。

3 这里指的是“青萝卜”（radish）和“女士”（ladies）发音易混淆。

4 “后悔”（repent）和“重新粉刷”（repaint）发音相近。

5 “哭泣”（sobbing）和“购物”（shopping）发音易混淆。

一块挂在日头下晾晒的茶巾，上面缀了补丁。用来晾茶巾的是一根竹竿，它两头各搭在一棵榕树的枝杈上。茶巾上缝缀补丁的面积早已超过了原来的布料。

这古老的贫穷场面恍如昨日，而那些新富阶层的景象则再熟悉不过了。他们手上提着体积庞大的收音机，脖子上挂着日产照相机，身上的衣服色彩鲜亮，再也不是以前那种千篇一律的蓝色和绿色。还有那些戴着墨镜的人——那些排着队在南京中山陵外面等待参观的年轻人，他们手里的收音机大声地响着音乐。对于他们来说，尽管那天的天空垂得很低，云层很厚，但是没有墨镜是不完整的。婕恩注意到，人们的衣服上都特意留有写着生产商名字的小标签，这颇为时尚。

在南京动物园里，有一个笼子里关了两只波斯猫，标签上写着“波斯猫”。在成都郊外的一个公社里，他们看到了一个用狗皮做皮衣的小作坊，那对度蜜月的夫妇还穿着阿尔萨斯狗皮衣相互给对方照了相。在北京的一场马戏团表演上，他们看到一个杂技师从鼓鼓囊囊的丝绸夹克袖子里沉着自若地变出了一对金鱼，并用它们做道具在空中抛接——这个把戏对婕恩来说没有什么难度。在广东贸易博览会上，他们看到了塑料盆栽。

对旅行团导游来说，拿一个能装电池的麦克风就意味着地位。在扬州，一个导游陪着他们爬上小公共汽车，欢迎他们来到这个城市，而车上的人——全都离震耳欲聋的麦克风不超过3米远——怯生生地蜷在座位上，努力不笑出声来。在一个玉石加工厂，女工头的产品介绍由一个手拿麦克风的导游来翻译，但是麦克风却没声响。只是导游并没有把麦克风放在一边，而是把它贴紧嘴唇，自己使劲喊。在提问时间，有人问怎么样分清好玉和瑕玉。坏掉的麦克风里传来了一阵喊声：“你得看，只有看，你才能知道好坏。”

婕恩希望她在空中的旅程能稍微带点国际范儿，可是，即便这一段旅程也完全被东方化了。空姐们看起来像中学生一样不知所措。当他们在北京降落的时候，她注意到有一个空姐一直站在那里，而等他们的飞机一上跑道，她就开始咯咯笑，显得很不自然。中国航空公司的飞机上不卖酒；他们给你提供脆皮花生条、几块巧克力、几包糖果、几杯茶，还有一个纪念品。在一个航班上，他们给了她一个钥匙扣和一个带有塑料皮套的小地址簿，而地址簿的大小暗示，中国航班上的典型游客一定都是讨厌与人交往的厌世者。

在成都，她询问当地一个导游的生活问题——这个导游个子很高，彬彬有礼，年纪在二十岁到六十岁之间。他的回答有的精确细致，有的含混不清。他在乡下待了十年，刚刚回来。他的生活充满坎坷。他用录音机和磁带自学英语，每天早上在早饭前把尿壶里的东西倒到邻家的垃圾堆上。他和妻子有一个孩子，孩子经常跟爷爷奶奶住。他的妻子是一名汽修站工人，每天和他错班上班，而这对他来说非常有好处，因为他喜欢用录音机和磁带练习英语。他在酒席上从来不喝酒，因为他害怕自己失态从而不能入党。他特别渴望入党。他吃了不少苦头，不过这些苦头已经过去了。一周时间你有一天可以不上班，再加上全年五天休假，再加上结婚的两周假期。在这两周假期期间，你可以旅游。或许，人们想离婚，这样你就可以再婚，有更多的假期。

有两个问题导游没法回答。当婕恩问他挣多少钱的时候，他似乎——尽管他的英语很流利——不理解这个问题。她更详细地重复了一遍问题，这时，她才意识到自己有可能失礼了。最后，他回答道：“你想换钱吗？”

是的，她礼貌地回答，这就是她想问的；或许傍晚她可以在酒店换点钱。或许明天更好，他回答说。当然。

她的另一个问题在她看来不太有争议性。

“你想去上海吗？”

他的表情没有变化，但是他也没有回答。或许她的发音对他有点难懂。

“你想去上海吗？上海，就是那个大港口城市。”

又是一阵临时的沉默。她又重复了一遍问题。他只是笑了笑，环顾四周，并没有回答。后来，在她回顾这事的时候，婕恩意识到她不应该这么冒失，尤其是在问他工资的时候。她只是有点大大咧咧，不拘小节。实际上，她早就得到了回答。他只有一天的休假时间；他已经结婚了，而且已经花完了一辈子只有两周的度假时间；你不可能在一天之内从上海往返。她在句子中插入的“想要”那个词使一切丧失了意义。她想问的并不是一个现实的问题。

在南京，天气又潮又热，她的暂时性失聪突然发作——她得了感冒，鼻子呼哧呼哧的，一只耳朵什么也听不见。他们当时住在一家澳大利亚公司旁边的酒店里，床单上赫然印着桉树叶子图案，窗帘上爬满“考拉熊”，这让她感到更加酷热难耐。婕恩躺在黑暗中半睡半醒，她觉得她听到了一只蚊子细微的嗡嗡声，这小虫子仿佛对她有浓厚的兴趣。让她感到奇怪的是，蚊子为什么不放弃上了年纪的猎物，去寻猎更新鲜的血肉，比如男人。她把床单、被子拉起来蒙在头上。不一会儿，她觉得热得受不了了，可是她一露出头来呼吸空气，蚊子就又展开进攻。婕恩心烦意乱，在昏睡中玩了好几遍躲猫猫，这才意识到到底发生了什么——她的鼻塞声穿过了那只听不见声音的耳朵流了出来，听起来就像一只蚊子发出的嗡嗡声。她完全醒了过来，仔细观察了一圈完全沉寂的屋子，不由得笑了——这是来自过去的回声。就像日出普罗瑟一样驾驶着战斗机在空中四处冲撞，不断地用机枪扫射；她也在制造自己的恐惧，她也像普罗瑟一样，真的太孤独了。

※※※

飞行器——为了纪念普罗瑟，她坚持称它们为飞行器，尽管这个名称早已被简化成飞机——从来不让婕恩感到害怕。她不需要往耳朵里塞一根塑料管听音乐，不需要点小瓶的烈酒，也不需要用脚后跟探测座位下面的救生衣。有一次在地中海上空，她一下子降落了几千米；还有一次飞机折返马德里，为了耗油，在空中盘旋了两个小时；还有一次在香港，从海面上降落的时候，他们就像打水漂时被扔出去的石头一样在跑道上弹跳起来——好像他们真的降落在了水面上。但是每一次，婕恩只是陷入沉思而已。

替她担忧的是格雷格利——认真、忧郁、有条不紊的格雷格利。当他送婕恩到机场的时候，他总是能闻到汽油味，并怀疑是烤焦的人肉发出的；他总是在起飞时仔细倾听引擎声，但他唯一听到的只有歇斯底里的叫喊声。在过去的那些日子里，给人们带来恐惧的是地狱而不是死亡。艺术家们已经在他们的痛苦全景图中把这些恐惧展示得淋漓尽致。现在地狱不复存在，恐惧都在可知范围内，引擎开始统治世界。从来没有蓄谋和计划，但是，在完善飞行器的过程中，在他们尽全力安抚坐在飞行器里的旅客的过程中，他们发明了最可怕的地狱般的时刻，对格雷格利来说，这是恐怖的死亡时刻。

无知，这是工程师们所发明的现代死亡形式的第一个特征。众所周知，一旦飞行器出了什么问题，乘客们仅仅会被告知必要信息，除此之外再无其他。如果一扇机翼坏了，声音平静的苏格兰机长就会告诉你，饮料机发生了故障，而这就是他在不提前警告他的机载货物，让他们系好安全带的情况下，就决定旋转着迫降的唯一理由。在你临死的时候，你都听不到真话。

无知，但也是确凿无疑。当你下降9 000米的时候，不管是在水面还是陆地上空（尽管在这个高度上水面和混凝土没什么差别），你都会知道，当你撞击地面的时候，你会死去——实际上，你会死好几百遍。甚至在原子弹发明以前，飞行器的出现就已经引入了大规模杀伤这个概念——当你撞击地面的时候，安全带的冲击力将会诱发致命的心脏病；然后大火会把你全身吞噬；然后一场爆炸将会把你撕得粉碎，抛到遥远的山脚；再然后，当救援队在嘲讽的天空下不畏艰苦地搜寻你的时候，你被大火焚烧过几百万遍、炸得粉碎、停止跳动的心脏碎片会在太阳的暴晒下再一次死去。这些都是正常的，这些都是确凿无疑的。确凿无疑应当抵消无知，但实际上不是这样的。事实上，飞行器逆转了这两个概念之间原来的关系。在传统的死亡过程中，床边的医生会告诉你哪里出了问题，但却很少预测最终结果——即便最有怀疑精神的外科医生也曾见证过这样一些起死回生的奇迹。因此，你对起因确凿无疑，对结果却一无所知。但是现在，你对起因一无所知，但结果却确凿无疑。对格雷格利来说，这根本不是进步。

下一个，封闭。难道我们不都害怕封闭的棺材吗？飞行器加强并放大了这一形象。格雷格利想到了第一次世界大战期间的飞行员，气流穿过支撑架呼啸着，演奏出如歌的曲调；他又想到了第二次世界大战期间的飞行员，他们拥抱天空和大地，在天地间胜利地翻滚。这些飞行员一边移动，一边触摸大自然；当胶合板制成的水陆两用飞机在突增的空气压力下断裂的时候，当飓风式战斗机尾部喷出宣告自己的死亡即将降临的黑烟，并号叫着一头栽向某块潮湿的玉米地的时候，人们还有一线希望——仅仅是一线希望——人们希望在某种程度上结局是合理的——比如飞行员离开田野并被部队召回。但是，在一架满载旅客，拥有吝啬得不能再小的窗户的飞机上会怎样呢？在脱掉鞋子，惊恐的眼睛没法往外探望，视线可及处全被华丽艳俗的坐垫占据的情况下，你要怎么感受自然奇景带来的美妙安抚？四周的一切根本不能抚慰你惊恐的心灵。

四周的环境里还包括第四样东西：伴侣。我们最希望以什么样的方式死去？这个问题不容易回答，但是对格雷格利来说有各种各样的可能——你被家人包围着，以后或许会有牧师在场——这是传统的死亡方式，这种死亡方式如同一场美味无比的圣诞盛宴。或者你被温柔、安静、注意力高度集中的医务人员包围着，他们可以代替你的家人，他们懂得怎样止痛，也知道不要动辄大惊小怪，这一点他们值得信任。第三种，或许你的家人不能陪伴你，你也没有就医的必要，你或许选择死在家里，躺在你最喜欢的一把椅子上，身旁陪伴着一只动物，或者一簇炉火，或者一个相机，或者一杯烈酒。可是，有谁会选择在三百五十个陌生人的陪伴下死去，而其中还不乏行为恶劣之人？一名士兵可能会冲锋陷阵，选择某种死亡方式——他涉过泥沼，越过草原——但是他会选择和他熟悉的战友一起死去。在他被机关枪的猛烈火力撕成两半的时候，他那三百五十个战友会激发他刚毅坚忍的品质。可是飞机上这些彼此陌生的人呢？他们会大声呼叫，这一点是肯定的。听着自己的尖叫死去这已经够糟糕的了，而听着别人的尖叫死去是新一代工程师所发明的地狱般痛苦体验的一部分。格雷格利想象自己站在田野里，头顶上的高空有一个看不清的点，从里面发出嘈杂声。有可能他们所有人都在尖叫，所有三百五十个旅客；可是，从引擎发出的正常的歇斯底里的噪音会淹没一切声音。

尖叫、封闭、无知和确凿无疑。除了这些，一切显得如同家常便饭一样毫不起眼。而正是这第五个因素——也是一个最终因素——促成了引擎的大胜利。你靠着头枕和椅套死去。你压着一个塑料折叠小桌板死去，小桌板的表面还有一个圆形的凹槽用来安放咖啡杯。你顶着行李架和塑料遮光板死去，那些遮光板能够往下拉动，遮住那些小得可怜的窗口。你在超市女孩的服务中死去，你在一堆用来让你感觉舒适的设备的环抱中死去。你在伸手把扶手上烟灰缸里的烟头掐灭时死去。你在观看被删减大量色情镜头的电影中死去。你在还没来得及使用海绵包里藏着的那块偷来的剃须刀清洁布时死去。你在被告知因风向理想飞行时间缩短并可能提前到达时死去。的确，你提前到达了人生的终点。你在邻居狂饮作乐的时候死去。你死在家里，却不是你自己的家，而是别人的家——一个你从来没见过却邀请了一大批陌生人来做客的人的家里。在这些情况下，你怎么能把自己的死亡看作悲剧，或者看作一件重要或有意义的事件？它只不过是一场极具讽刺意味的死亡。

※※※

十一月的时候婕恩去了科罗拉多大峡谷。峡谷的北侧关闭了，除雪机顺着马路慢慢移动着，清扫着从威廉斯到峡谷南沿的雪。她预订了峡谷边上的一间木屋。天色尚早，她也不急于整理自己的行李，在亲眼见到大峡谷之前，她甚至去逛了逛酒店的礼品商店。婕恩不想延迟赏景的快感，恰恰相反，她总是期待失望。在她出发旅游前的最后一刻，婕恩甚至在考虑要不要重新把世界七大奇迹排名，去金门大桥而不是科罗拉多大峡谷。

地面上堆积着30厘米厚的雪，此时的太阳几乎与地平线齐平，阳光猛地一挥，给对面的山抹上了一缕橘红。太阳帝国的边界是从雪线开始的——往上看，只见橘红色的山巅顶着几朵懒洋洋的橘色云彩，云彩的下面是橘红色的雪；在雪线之下，一切变成了干棕、浅黄和琥珀色，而在距山顶很远很远的峡谷处，有一条银色的带子被墨绿色簇拥着，就像单调的粗花呢布料镶着一条卢勒克斯金属线一样趣味盎然。婕恩紧握着结霜的防护栏，独自沉浸在愉悦的气氛中。令她感到欢愉的是，眼前的景致不再需要被翻译成文字，不再需要被报道，被讨论，被注解。在鱼眼广角镜头下，大峡谷的旖旎风光更为壮丽、深邃、广阔、宏伟、荒凉，更加美丽，更加令人敬畏，而这是她以前从不可能想象到的；即使这一连串令人激动的形容词也不能描述她的所见、所思、所感。拉切尔，也就是格雷格利那个经常和他斗嘴的女朋友，在她出发前曾经告诉她，“哦哦，就像接连不断的高潮一样”。怪不得她总是想语出惊人，这些从记忆深处浮现出来的词真的令人惊讶；不过，令人惊讶的却是词语的有限。与此相比，性——即使是那种婕恩从未经历，而只存在于她幻想中的高潮迭起的性爱——也只不过是玩玩抽鞋带游戏，感受鞋带慢慢从脚底抽离时痒痒的感觉。“就像目睹上帝创世一样”——可是这也只不过是词语表述而已。如果说，大峡谷把站在它的边缘的观景者缩成了蚊蠓的话，那么它也缩小了他们的声音——闲谈声、咳嗽声、照相机的咔嚓声——这些声音统统变成了小虫子的沙沙声。这里不是你开玩笑自嘲的地方，不是你摆弄照相机调节曝光度的地方，也不是扔雪球的地方。这是一个语言无法描述的地方，是人的声音没法到达的地方，是无法解释的地方。

据说欧洲的哥特大教堂本身有使教徒皈依的魔力。只要观光者到了那里，他们就会变成教徒。这样说可不只是为了给农民留下深刻印象：许多伟大、深邃的思想家也总是告诉自己，如果世上存在如此美丽的事物，那么创造这美丽事物的思想怎么可能不是真的呢？一个教堂的力量相当于一百个能够用逻辑证明上帝存在的神学家。人的心灵总是渴望确定的知识，也许它最渴望的是一种当头棒喝的凿然。心灵所能理解，并需要不懈地去证明和认可的事物，往往是它所忽视的事物。它总是渴望在漆黑的街头会被人从身后袭击，比如喉咙被抵上了一把刀。

大峡谷如同大教堂一样涤荡心灵，或许这种作用对于那些有宗教倾向的游客来说最为强烈。它的存在就是无言的争辩，让人恍悟上帝的神力，惊叹于他壮丽的造物神迹。婕恩的反应正好相反。大峡谷给她带来的震惊使她陷入了一种不确定性中。晚饭的时候，她边吃边想，努力不用语言进行思考；或者至少小心谨慎地运用语言思考。“因此”是她允许出现在思想里最常见的一个词。大峡谷，“因此……”，如果大峡谷是个问题的话，那么答案又是什么？如果大峡谷是答案的话，问题又是什么？大峡谷，“因此……”，即使作为怀疑论者的一个反应，大峡谷，“因此”也像一个宏大的诘问。据说一个人最大的精神悲剧是他带着宗教的情怀来到这个世界，却发现信仰已经不再可能。而此刻她的悲剧是不是等同于出生时根本没有宗教情怀，却突然发现了信仰的存在？

第二天早上出发前，婕恩又一次把身子靠在结霜的栏杆上眺望大峡谷。此刻的阳光已经深入到峡谷的底部，沿着河流慢慢摸索着前进。在她身下几百米，或许几千米的地方，是荒草蔓延的高原。群山顶部的橘红色霞辉已经消散，山顶变得暗淡凝重，在清晨的华服下显得十分遥远；对面的雪熠熠生辉，发出白光。循着一阵嗡嗡声，一架轻型飞机进入视野。这是当天的第一班观光飞机，飞机就像一只昆虫一样在一个巨大无比的伤口上盘旋。它在与婕恩视线齐平的高度飞了一段时间，然后降下去检查这道包裹着河流蜿蜒而行的“裂口”。站在地面上却能够比飞机还高，婕恩心想，这真是奇特。从高空看机翼和机身就像观看一片叶子或一只飞蛾不常见的那一侧一样。飞机在地表下方飞行这个想法有些违反自然规律，就好像潜水艇浮出水面跃到空中一样，像一条巨大的飞鱼。

违反自然规律。这样说对吗？我们常说“违反自然规律”，但我们的意思却是“违反常理”。是大自然造就了这些奇迹、这些梦境和这些美丽的幻象。四十年前，大自然还曾给一个卡特琳娜水上飞机飞行员展现了一幅美丽图景，让他在距爱尔兰海岸720公里的海面上看到一名摩托车手。这一切都出自自然之手。理性已经拒绝承认幽灵鬼怪的存在。这是反理性的，而不是反自然的。理性是人类的天才发明，它树立起婕恩参观过的第一批世界六大奇观。现在大自然又奉出第七大奇观，而这第七大奇观则开始向人们发问。

※※※

通过英国皇家慈善基金会，她找到了日出普罗瑟的遗孀。她已经不再叫普罗瑟，而改名为雷德帕斯，和一个演员住在惠特比附近。婕恩给她写了信，几天之后，婕恩收到了一张明信片，上面印着蔚蓝的天空和一座明媚的阳光照耀下的渔港。“你路过时可以随时来访，我和德雷克盼望与你叙旧。真想不到汤米过世这么久还会有这么多故事！又及：这里的天气和明信片上的不同。”

他们住在一座漂亮的由政府建造的半独立式低价房子里，地产面积不大，山脚下还没有住满人家。房子周围的树一片叶子也没有，只剩下树干被一圈圈的电线缠绕着保护起来；用混凝土建造的公共汽车候车亭还没有染上潮湿的污迹和涂鸦。奥利弗·雷德帕斯没有预料到的是，婕恩很快找了个机会路过了那里。

“啊，等了这么多年，会是什么样紧急的事情呢，我很纳闷。”这一半是表态，一半是提问。婕恩接过一杯咖啡，面对着电视机在椅子上坐下。奥利弗和德雷克坐在沙发上，德雷克的脸被一团烟气笼罩着。婕恩注意到，沙发罩是用一种颜色鲜亮的方格材料做成的，这种材料常常用在飞行器的座位上。

“噢，我只是路过而已。我想去曼彻斯特。”

“曼彻斯特，这还叫路过！”雷德帕斯夫人领略了南方人恣意而不可理解的生活方式，不由得咯咯笑起来。她体态圆胖，乳房隆起，热情过头：“听到了吗，德雷克？她要去曼彻斯特！”

“你能够安全抵达这里，我已经感到吃惊了，”德雷克说道，他良久没有吸第二口烟，这很不寻常，“他们都说附近有食人族。”

“嗯，算不上什么紧急的事儿，我想。我只是想，趁我还记着这件事儿，不如早点去做。”

“趁热打铁嘛。”奥利弗说。

“你的……你故去的丈夫……”

“汤米。”

“汤米……汤米在战争期间被派驻到我们家，和我以及我的父母住在一起。这是他被派遣到西莫灵之后的事。他和我们住在一起的时候常常聊天……”她不知道怎样说才准确。

“你是他喜欢的一个美人吧？是不是？”奥利弗善意地笑着问道。

“不，不，可不是……”

“即便你是，我也不会在意的，亲爱的。我很喜欢把汤米想象成一个左拥右抱的人。他一直是那么魅力四射。”

是吗？婕恩当然不记得他是一个魅力四射的人。他有些笨手笨脚，脾气暴烈，有的时候还很粗鲁；但是有能力表现得友善。不，魅力可不是他的一个特点。

“不是。我的意思是说，我明白为什么你会觉得……”

“我就知道是这样，对吧，德雷克？想不到吧，我说过的，老汤米的美人一定会在多年后从某个地方冒出来。要是我早知道了，就不会把他赶出去了。”

“把他赶出去？”

“对，我们搬家后，我把他赶了出去。你问什么时候？什么时候来着，德雷克，九年前还是十年前？”

德雷克想了一会儿，慢慢地吸了一口烟又吐出来，然后回答说：“比你想的还要早。”

“好吧，不管那是什么时候了。十年前或者十二年前，我把汤米赶了出去。我们当时正在搬家，有的东西必须要扔掉，我已经有好多年没看到它们了，包括他的那个什么玩意儿，战服还是什么的。我不知道为什么要留着它，那衣服上长满了蛀虫。所以我就把它扔了出去，还有一些书信、照片，以及我都不屑一看的傻乎乎的东西，因为看了以后只能让我心烦。德雷克完全赞成我这么做。”

“不对，这说得有点过了，亲爱的。”

“总之，德雷克没有反对。不过我想说的是，汤米在我的心中已经占有一席之地，他为什么还要在阁楼里占有一块地方？”奥利弗现在已经感动得快要落泪，突然间又放声笑起来，她的这一动作震落了德雷克香烟上的一段烟灰。“在我的记忆里，汤米，他是个可爱的男孩。可是话说回来，生活还得继续，不是吗？”

“是的。”婕恩说。

“世事难料啊。”德雷克插嘴道。

“倒不是说我早应该料到你就是他喜欢的那种女孩。”奥利弗逗乐地说。

“哦，我不是他喜欢的那种。”婕恩说。他们沉默了一会儿。“我在想……他被派遣到别处后我们失去了联系。我在想……他和我们住在一起的时候焦急地盼望能够复飞。”

“是吗？”奥利弗说，“我一直以为他有点懦弱。”她注意到婕恩的表情有点变化。“你真的不是他喜欢的那种女孩子吗？你的一举一动非常像。不，我只是直话直说而已。没有必要绕弯子，不是吗？”

“对。”婕恩回答，“我没有吃惊。我只是觉得他很勇敢。我觉得他们都很勇敢。”

“嗯，汤米·普罗瑟总是留着一只眼睛紧盯着后门，你明白我的意思。倒不是说我要说他的坏话。所以，当我听说他又复飞了，我还真有点吃惊。”

“他一直渴望能够复飞。”

“好吧。不过，你的确让我吃了一惊。但我们仍然没法确定。自从我把他踢出门之后就再也没有收到他的来信。”奥利弗笑了笑。“不管怎样，比起你来，我还是有点吃惊。让我想想……”她暂停了一下，尽管她可能已经把这个故事讲了许多遍。“那件事发生的几天后，或许是一周后，我收到了他的连队什么什么寄来的一封信……”

“长官。”德雷克补充道。

“……长官，谢谢，信中说他失踪了，他们断定他在一次战斗中牺牲了。不瞒你说，我有点吓蒙了。我是说，我对汤米是真心实意的，我们结婚只有一年，战争一结束，我们就准备生孩子……所以我写信给那个连队什么什么问，什么行动？在哪一场行动中牺牲了？他回信了，再一次表示难过，并告诉我汤米是一个不错的战友。可是汤米执行任务刚刚几天，他怎么知道汤米的表现如何？此外，他还说了其他一些有关安全原因之类的问题。我写了回信，说，这可不太好，我要知道实情，我要来亲自见你。在他还没有写信告诉我这违反什么什么安全规定之前，我已经出发了。再来点咖啡吗，亲爱的？”

“不了，谢谢。”

“我煮了科纳咖啡，想喝尽管说。好吧，我到了连队，好不容易见到了连队那个家伙，然后问他，喂，什么战斗？在什么战斗中牺牲了？在哪个地方？他人非常好，但是他说他不能告诉我。我说你以为你是谁，哈哈，勋爵？我的汤米牺牲了，我想知道他在哪儿牺牲的。最后他终于说是在法国，我说好吧，终于算具体了一点，我还以为是在冰岛。可是不管怎么说，你们说‘失踪’和‘牺牲’是什么意思？如果他失踪了或许他还没有牺牲，如果他已经牺牲了，那么他就不会失踪，不对吗？于是那个连队长官怎么说汤米来着——和队友失联了——我说他就是这个样子，经常单干——他还说有一个飞行员曾经看到一架飓风式战斗机失控坠落，他赶上去看了看发现是汤米，然后这个战友就一直看着飞机坠落，直到它撞击地面。

“这么说来，我说，我想和这个战友谈一谈。他说这是违反规定的，可是我坚持这样要求，还稍稍用了一些女人特有的技巧，告诉他我会一直坐在他的办公室，直到他告诉我真相，等等，我还哭了一箩筐的泪——这个，这不是什么难事，知道他说什么吗？”

“他说你必须签署官方保密协议。”德雷克插嘴道。

“我知道你晓得的，傻子。于是我说好啊，拿出来吧。于是我就签署了那东西，就像为补牙而签字一样。然后他们带我去见那家伙。叫麦克什么来着，我不记得了。可是这个连队什么的家伙很明显提前和他通过气。他只说在法国上空坠落了。我说你怎么知道是汤米？他说在飞机的一侧有编号。我说，是不是飞机飞过的时候速度很慢，所以看得清楚。他说数字画得很大，所以能够辨认出，但是他看出我很难过。我又哭了，我当时唯一想到的就是数字到底有多大？然后这个叫麦克的家伙站了起来，和我握了握手说这是他知道的全部情况，他还说如果我要是在八点钟左右碰巧也在三艘船酒吧的话，他没准还能记得更多细节。

“不瞒你说，酒吧一开门我就坐进去了。他出现的时候我可能有些微醉，但是我记得他说的每一句话。他们当时在法国上空，一共有八个人，他们注意到汤米好像偏离了队列。他正在寻找后门，我一点都不吃惊。所以那个负责的家伙就用——那个叫什么来着——就用那东西对他喊话……”

“无线电。”德雷克咕哝了一声，像帮腔而不是回答。

“……用无线电对他喊话，告诉他回到队列里来。可是没有任何回应。他试了很多遍，但汤米的无线电似乎没有信号。然后他们注意到他开始从他们旁边向上爬升，那个负责的家伙命令这个叫麦克的人去看一看是否能够追上他。他说这可不容易，因为汤米好像正径直朝着太阳爬升，你什么也看不到。可是过了一会儿，他靠得足够近，看到汤米仍在那里——他根本没有晕厥过去。他把手举在脸前。他这样做肯定是不想让太阳光照瞎自己的眼睛。对着太阳爬升的时候大伙都会这么做，这个叫麦克的家伙说。于是他试着通过无线电和汤米对话。他用机枪一阵扫射，但是也没用。

“于是那个负责的家伙让麦克归队，随汤米做什么都可以。我的意思是说，是不是他的飞机好像出了故障，没法控制，只能一直向上飞？然后麦克就离开了汤米重新加入其他队友，在他返回的途中他看到飓风式战斗机俯冲着坠落了下去。我说这就是你们看到编码的那个时候吗？他看起来好像有些羞愧，然后说飞机失控了，他看不到编码，但是当飞机和他平行的时候，他可以看到飞行员。好吧，他可以看到的是飞行员的轮廓。显然他不能分清那个人到底是不是汤米，但是他说，还有谁能够像汤米那样在爬升的时候把手举到脸前呢？然后麦克跟着他向下飞了一段，但是他没有任何机会看清楚。当时也没有降落伞，我的汤米就这样没了。”

德雷克用手搂住奥利弗安慰她，烟头飘出来的烟顺着她的肩膀一圈一圈地升起，一直飘到她的头发里。

婕恩不知道该说些什么，她只是坐在那里等待着。

“你还记得清他什么样吗？”奥利弗终于问道。

“是的，”婕恩说，“我记得很清楚。那个时候我很年轻。他……他喜欢给我做一切安全三明治。”

奥利弗没有作出任何反应。“你有没有注意到他总是把自己紧身短上衣最上面的扣子解开？”

“没有，我没有注意到。”

“你有没有注意到他总是四处张望——脑袋一刻都不静止？”

“是的，我记得这个。”迈克尔曾经对这说过一两句，而且还把它作为说明普罗瑟好动的证据。“我猜他可能身上某个地方在抽搐。”

“抽搐？”奥利弗不耐烦地说，“什么他妈的抽搐。我告诉你吧，亲爱的，如果你正在驾驶飓风式战斗机的话，你就必须三秒钟转一次头张望四周，否则你就完蛋了。”奥利弗把藏在德雷克羊毛衫一角里的头左右转动了一下，眯缝着眼对着太阳望了望，似乎在寻找梅塞施密特战斗机。“你会养成这样的习惯，你知道吗？”

“我明白了。”

“这就是他总是把紧身短上衣最上面的扣子解开的原因。他们允许这样做是因为你得不停地转头。这是一种特权。他们允许你这样做。”奥利弗接着把头左右转动了一下，然后停下来吸了一口德雷克的香烟。

“我明白了。”

“没有人比我更了解汤米了。”奥利弗突然悲情万分地说道，于是德雷克在一旁默默地安抚她。

在返程的火车上，婕恩向窗外望去。她觉得她看到了日出普罗瑟的最后一场飞行。这可能是一次技术错误，一定是的。他一定在爬升的时候卡住了；他一定在忙于控制飞行器因而没办法用无线电回答，也没法回应其他飞行员的机枪。但是她对此表示怀疑。这一切和她四十年前听他说的情况十分相近。向上爬升接近太阳，从微微张开的指缝间观察太阳。空气越来越稀薄；飞行器滑行着，爬升得越来越慢。有机玻璃座舱罩里开始结上一块块霜。身体渐渐被寒冷包围。氧气越来越少。一种满足感渐渐地侵袭你的全身，随之而来的是一阵欢愉。那种缓慢的速度，那种令人感到幸福的缓慢的速度……

※※※

当婕恩生格雷格利的时候，当她给他喂奶的时候，当她打发他上学的时候，当她站在托斯特郊外一个弯弯曲曲的火灾逃生梯下看着吸血鬼战斗机模型优雅地滑行，引擎突然无故加速导致熄火的时候，她满怀着一个正常母亲对儿子的祝愿。愿你生活平安，愿你幸福，愿你健康，愿你聪明，愿你感受到我的爱，愿你爱我。当他埋着头耐心地在一堆飞行器的支撑架间寻找零件的时候，当他蘸湿绵纸等着时间把它拉紧的时候，当他让满屋充斥着梨子糖果气味的时候，她在一旁悠然地构建着她自己的图景，构建着每一代人看待与下一代人关系的固定模式。他们踩在我们的肩膀上，她想，这样他们就可以站得更高，看得更远。他们还可以从高处俯瞰我们曾经走过的路，避免犯我们曾经犯过的错误。我们正在传承给他们一份遗产——一支火炬、一根接力棒、一份负担。当我们变得虚弱，他们会长得更加强壮：年轻的男人们背上祖先，带着孩子，承担起责任。

她已经经历了许多，对此深信不疑。这些印象历历在目，但是它们只是由巴沙木和绵纸构建而成的。父母也常常踩在孩子的肩膀上，把他压垮，埋进松软的土壤里。儿女往往对父母的过错一目了然，但他们只是学会了犯不同的错误。父母的确传承给孩子一些东西：血友病、梅毒和花粉热。他们尽职尽责背负着的祖先却给他们带来腰椎间盘突出，他们手中牵着的儿女却给他们带来肩关节损伤。因此，婕恩也为她的儿子祈愿挫折，同时祈愿他能避免这一切乖舛。愿你摆脱苦难、贫穷、疾病。愿你不要那么出人头地。愿你尽己所能实现理想但不要追求不可能的目标。愿你内心安定。愿你不栽跟头，一次也不栽。

几天后的她怀疑这些不切实际的愿望是否自主传达给了格雷格利。如果子宫里的孩子能够感觉到母亲的矛盾并被它所伤害，他们就会有更大的可能默默地接受这些期盼——这些悬在空中有像梨子糖果一样浓烈气味的期盼。格雷格利变成了一个谨小慎微、言听计从的少年，而后又变成一个消极被动、特立独行的年轻小伙，这有没有可能是婕恩的原因呢？他彬彬有礼，相貌怡人，言谈得体；没有人反感他那粉红圆胖的脸，也没有人反感他那副角质框眼镜带来的像小学校长那样的神情；可是，婕恩常常发现自己这样想：你可以做其他任何人。你能的。你可以做一个不是我儿子的人。但是，她意识到，这却曾经是她对他最大的祝愿。愿你不那么出人头地。愿你不要追逐不可能的目标。

她对格雷格利的那些能够用语言表达出来的祝愿是这样的：不要过早地让生活尘埃落定。不要在二十岁的时候贸然行动而后一辈子受制于此。不要像我那样。要旅游。享受生活。发掘你是谁以及你能成为什么。探索你自己。

格雷格利理解母亲的祈愿，但是，就像所有孩子们一样，他觉得这些愿望都是父母们自己往昔的愿望，而对于孩子来说，却没有多大的针对性。诚然，他不愿意受到这些窠臼的羁绊，但是他并没有多少旅游的愿望；诚然，他愿意发掘自己的潜能，不管这个词是什么意思，但是他并不想经历许多无谓的探索。享受生活？是的，他愿意享受生活。或者说，他想要自己想着去享受生活。对格雷格利来说，除了他之外，世界上所有的人都牢牢地把握住了生活的乐趣。他们看到了乐趣的本质，完成了乐趣的一切要求，并最终拥有了乐趣。可是他们怎么预见乐趣在哪里？或许他们曾经仔细研究过他人，注意到了他们的乐趣所在，效仿他们，并最终获得乐趣。对格雷格利来说，事情并不像看上去那么简单。当他仔细观察那一群沉浸在乐趣中的人——在酒吧里喝酒的人、体育迷、在海滩游泳的人——的时候，他感到由衷羡慕，也夹杂着暗自的羞愧。或许他的内部发生了某些错位。他意识到，你只有相信乐趣才能获取乐趣。希望抵达跑道终点的飞行员就要相信起飞。这并不只是知识的问题，也不只是源于对空气动力学的理解；这还是一个信仰的问题。格雷格利坐在柏油碎石跑道上只会瑟瑟发抖，塔台会给他发出起飞的指令，但是每次跑到半路他就总忍不住踩刹车。他不相信这只风筝会飞起来。

他谈过一些女朋友，但是他发现和她们相处时，他从来没有体验过期待中的那种感觉——他发现，与人同乐的快感甚至在只有两个人相处的时候也销声匿迹了。性没有让他感到孤独，但另一方面，也没有让他产生特别的相濡以沫的感觉。至于男性间的同志情谊，这种感情总是有点不对劲儿。男人们聚在一起是因为他们害怕他们无法控制错综复杂的局势。他们只想让事情变得简单一些；他们想要的是一切凿然无疑，他们想要的是一了百了的规则。看看那些寺庙吧。看看那些酒吧。

格雷格利从不旅游，也不结婚。他生命的大部分时间都和婕恩相伴。开始的时候她还劝他，但是后来她只能把这种陪伴当作某种勉强的恭维接受了下来。格雷格利成年后的头几年里尝试了各种工作，但他的结论是，这个工作和那个工作没什么两样。所有的工作都很枯燥无聊，但是你必须有一份工作，那是因为工作的意义在于当你不在工作的时候特别珍惜时间。当他把这个结论讲给别人听的时候，他们都以为他太愤世嫉俗了，但事实上他不是。这只是再明显不过的现象。生命需要反差，生命的这种需求将一直持续，直到你遇到最终的反差。

格雷格利在一家保险公司工作。他喜欢这份工作是因为别人很少问到它。他们会评论说，他们敢断定，这份工作很有意思，然后他会点点头，然后他们会问，能不能对假日下雨投保，他会说能，当然能，然后他们会笑出声说，想想这天的到来吧，再然后他们就失去了兴趣。这个工作非常适合格雷格利。

售卖人寿保险这份工作也非常适合他。但他刚开始这份工作的时候还没有得出这样的结论，还没有发现生命是荒诞的——那时的他还在仔细体验和估算——不过他确定的是，工作一定是荒诞的。政治家们提出的所谓“有用的工作”这个概念对格雷格利来说没有丝毫意义。对他来说，工作只有在没有用处的时候才有用，工作就是对自身的讽刺。给福斯桥涂漆这份工作听起来不错，因为你刚刚完成涂漆没有多久又得重新涂一遍。可不能指望人寿保险这样的工作能具有这样完美的讽刺实质，但是它也具有一定的灵活性。格雷格利特别喜欢告诉人们当他们死去的时候会得到多少钱的赔偿。他特别享受他们脸上的那种贪婪和算计——这就是他们在完成一件如死亡这么简单的任务之后所得到的所有报酬。有一次他给一个二十来岁的人解释保险项目——每月多少的支付额，死亡赔偿这么多，保险期满将被支付这么多——这时候他被打断了。

“这么说来，如果我今天签字而明天就死掉的话，我就可以得到25 000英镑？”

开始的时候，格雷格利还对这个人的热情抱有一种职业的怀疑。他解释了首付金政策，解释了在自杀或隐瞒重大疾病的情况下保险会失效……

“是的，是的，是的，”那人不耐烦地说，“如果我支付了所有的保险金，**如果万一发生意外**”——他满腔热情地强调了这几个字——“我明天被压在了公共汽车的轮子下面，我就会得到25 000英镑，是吗？”

“是的。”格雷格利不想指出得到这笔钱的将会是他的遗孀或者父母或者其他什么人。这样说几乎就是扫兴。

但这就是他为什么喜欢售卖人寿保险这份工作的原因。当然，你还需要学会如何婉转地说话，还需要学会如何把保险单伪装成养老金单；但是，归根结底，人们最终的目的就是通过死亡来赢得最大的交易。人们——尤其是他所接触的那些人们——接受勤俭节约的教育，学习货比三家，并把他们正常的商业意识最大限度地运用到其他方面。就连那些承认他们自己连一分钱都碰不到的人也会被这笔交易搞得鬼迷心窍。死神将会到来，偷偷把我带走，啊，天哪，但他的行为是多么傻，因为他没能带走我的妻子，结果让她腰缠万贯，生活得骄奢淫逸。要是死神当时意识到了这个错误，他就不会那么贪婪。

人寿保险，这个词本身就散发着一种矛盾的气质。寿命。你不可能为它担保，你不可能保证寿命，不可能对寿命确信无疑；但是人们觉得他们有这样的能力。他们坐在格雷格利的对面反复掂量着他们的死所带来的种种收益。有的时候他想，他实在不能理解这些人。他们总是什么便宜都想占点：对于享受他们再熟悉不过，他们与死神攀亲并和他讨价还价。他们对于活在世上一点都不惊讶；一个人来到这个世上，你就要充分利用这段时间；在他们离去的时候，他们也要做成一笔最佳的生意。这真的令人钦佩，他想，真的很荒诞。

其他人的生命、死亡和享乐对于格雷格利来说更加神秘莫测。他从角质框眼镜后面偷偷地观察他们，对他们为什么要做现在做的事感到好奇。他们之所以那么做——都是些普通平常的事情而已——可能是因为他们对原因和方式毫不关心，或许格雷格利就因为思来想去而受到羁绊。比如他的母亲就是这样——看她，冷不丁地开始周游世界。如果你问她为什么这样做，她会微笑着告诉你，她要把世界七大奇观一一看过。可是这不是原因。她似乎根本不在乎为什么。

格雷格利从来就不想旅游，或许是因为他小时候被推车推着在全英格兰上下跑了个遍。他偶尔也出去一趟，去看看生活范围之外的生命是怎么样的，但他从来不会走到160公里外。一切似乎都是一样的。旅游让你疲惫不堪，让你心烦意乱，让你自命不凡。人们说旅游能够开阔眼界。格雷格利不相信这话。旅游只是给你一种开阔眼界的幻觉。对格雷格利来说，能让他开阔眼界的就是待在家里。

一想到旅游，他就想起了飞人卡德曼。在什鲁斯伯里的圣玛丽教堂，格雷格利曾见到过一个纪念碑。碑上并没有介绍卡德曼飞行的详细情况，不过，这位现代的伊卡洛斯[1]似乎在1739年就已经自己制作了一对翅膀，然后爬到教堂顶部，从那里纵身跃下。当然，他死掉了。这就是自以为是的飞行员常犯的错误；就像伊卡洛斯一

1　伊卡洛斯，希腊神话中人物，代达罗斯之子，他使用蜡和羽毛造了翅膀，想要飞上天空，但因飞得太高，蜡翅被太阳晒化，跌落水中而死。

样，他也犯了一个技术性错误：为了完成这个伟大壮举，他坠落了下去。

这不是因为缺乏技艺，也不是因为缺乏勇气：
不，不——是因为一根错误的绳带，它被绷得太紧太细，
那绳子催促他悬在高空中的灵魂快快上天安息，
催促它快快和躺在下面的躯体道一声晚安。

有的时候当他去机场送婕恩时，格雷格利就会想起卡德曼。那是现代历史上最早的一场坠机事件。百分之百的死亡率——这个概率司空见惯。卡德曼并不缺乏勇气（碑文上说得对），只是缺乏脑子。格雷格利想象自己正在演算飞人存活的概率。不，他绝对不允许自己向他推销人寿保险业务。

但是卡德曼也有不为人知的地方。除了他的死亡方式之类，格雷格利还想起了墓志铭上的诗歌。飞人想方设法希望实现自己的飞天梦却惨遭失败；不过，当他的躯壳坠下来摔得粉碎，他的灵魂却升了起来飞向天堂。毫无疑问，这是一次道德教训，让人明白壮志和傲慢的矛盾与对立——如果上帝想要我们飞翔，他早就会给我们一对翅膀了。不过这个故事是不是也意味着上帝把永生奖赏给那些勇敢的人？如果是这样的话——如果天堂是靠勇气踏入——那么，格雷格利就没有多大进入的概率。

他想起了儿时的一个情景。当时他正在试飞一架飞机模型……不是在教堂塔顶，而好像是在一个平坦的屋顶。他显然没有把引擎正确地绑到机身上，因为机身自己脱落了。机身掉了下去，就像卡德曼的身体一样，而引擎却在花园的上空尖啸着逐渐熄灭，就像卡德曼飞赴天堂的灵魂一样。

难道这就是人们——那些坐在他桌子对面一听到他讲上千英镑保险的时候就羞涩地开始微笑的人们——看待死亡的方式吗？格雷格利在脑子里幻想出另一幅公开试验的场景，这是他在后花园进行的一场太空发射试验。那笨重巨大的火箭就像卡德曼的身体，而火箭顶端小小的罩子就像他的灵魂。身体上捆绑了充足的燃料以使怒吼的灵魂能够挣脱地球的重重引力。如果你看到了发射架上的那根胖胡萝卜一样的东西，你肯定会觉得它是火箭最重要的部分，其实不然。火箭是可以被遗弃的，就像卡德曼的身体一样；火箭的存在只是为了发射灵魂。

格雷格利神情恍惚地想象了一会儿，这时他想起了吸血鬼战斗机发射的结局。婕恩后来在花园最远处的姜黄色山毛榉树篱里发现了引擎。这有什么寓意呢？或许灵魂的吼声的确要盖过身体的呻吟，但那只是短暂的时刻，只会持续一小段距离。或许灵魂高于身体，但并不像人们想象的那样不同。灵魂或许是由更耐用的材料构成——比如铝而不是巴沙木——但是这种耐用材料最终依然不能摆脱时空和引力的制约，就像卡德曼的身体一样不能摆脱这些因素的制约，或者就像他自己的那架喷了金色油漆的吸血鬼战斗机一样。

※※※

一直以来，拉切尔似乎是最不可能成为格雷格利女朋友的姑娘。他生性被动，在这个地球上没有留下一点痕迹。有的时候，婕恩觉得，如果你把粘飞机的胶涂在他的指尖上，很可能从上面印下的指纹没有丝毫螺纹。由于性格含蓄沉敛，他一般会追求更加沉敛、更加被动的女孩，那些肌肤通透、举止萎靡的女孩。拉切尔个子矮小，性情直率，两只棕色眼睛滴溜溜地转个不停，金色的短发紧紧地蜷着，这让婕恩想到某种稀有山羊身上的毛。拉切尔不仅很有主见，而且对其他人的想法，特别是格雷格利的想法，了如指掌。婕恩早就听说过异性相吸，但她仍然不相信他们的关系会维系多久。格雷格利第一次把拉切尔带回家时，他们就因为马桶座发生了争执。不管怎样，在婕恩的回忆中就是这样的；拉切尔争辩得异常激烈，就仿佛一次小小的冲突会决定不列颠战役的胜负。但是，尽管如此，她后来却宣布不记得此事。那场争论的起因不值一提——和平常生活中的拌嘴一样的原因，据婕恩回忆。在和迈克尔一起生活之后，她觉得她已经受够了，不想就这些鸡毛蒜皮的小事争论。不过如今女人似乎比以往更爱争吵。拉切尔在一个街区法律中心工作，难道他们的工作宗旨不应该是维护和平吗？

“好吧，就说说马桶座吧！”这女孩忽然对格雷格利喊道，她那棕色的眼睛瞪得溜圆，毛发也似乎直立了起来。婕恩也可能记错了，不过她觉得以前没有出现这样的事儿。“你觉得这些马桶座是为谁设计的？”

“哦，为人设计的。”格雷格利带着一种老学究的腔调回答，脸上露出他母亲认为非常迷人的一种似笑非笑的表情。

“是给男人设计的，”拉切尔解释说，她把声音拖得长长的，像长辈一样不厌其烦地说，“男——人——”

“我不知道你会觉得这有什么……问题。”格雷格利说道，他感觉或许心平气和的反应会招致更强烈的怒火。“我的意思是说，难道你需要有人把你从里面拉出来吗？”

“我坐在上面的时候就想，”这个令人惊奇的女孩宣布道，“这是由男人设计给其他男人的东西。你觉得呢？”她扭过头来看着婕恩。

“说实话，我恐怕还真没有想过。”她的语调有点含混，而不是拘谨。

“好吧，你说得有道理。”格雷格利带着一种不明智的自我满足评论道。

“有道理，有道理个屁。”拉切尔喊道。她似乎更喜欢争执的激烈而不是运用直接的逻辑。“还有台阶，”她说，“还有梯子。下火车的台阶。车上的脚踏板。股票交易所。”

格雷格利笑了。“你总不能期待……”

“为什么不能？为什么不能？**为什么你们**不能学习？为什么总是我们？换轮胎的时候怎么样？为什么螺丝拧得丫的那么紧，让女人们动都动不得？”

“如果拧得不紧的话，丫的轮子就会掉下来。”

可是拉切尔毫不示弱。“还有头枕，”她继续喊，“还有法官、印刷工人、出租车司机、语言。”

婕恩不由得笑了。

“你笑什么？情况对你更加不利。”

“为什么对我更不利？”

“因为你从小到大就没有一点意识。”

“我觉得你不了解我，没有资格说这样的话。”婕恩喜欢拉切尔那种忘我的直率，喜欢她的自信。“不，我笑的不是你，亲爱的。我想的是股票交易所。”

“怎么了？”

“嗯，我小的时候曾经有人警告过我不要去股票交易所。去那地方和牧猪奴戏、坑蒙拐骗、罢工歇业没什么两样。”

“你也太不严肃了，”拉切尔不快地说，“你应该严肃地对待一切。”

“好吧，”婕恩说，她准备严肃地对待一切，“或许女人学会……适应是个好主意。或许这会让她们的思想更加灵活。或许我们应该为男人们感到悲哀，因为他们不能适应。”

“那是男人们的立场。”

“是吗？这不只是一个立场吗？”

“不，这是个男人的立场。这是他们灌输给我们的立场之一，因为他们知道这个立场不会管用的。他们只能给我们这个立场，就好像给我们递过一把跟螺丝形状不相吻合的扳手一样。”

“或许这就是为什么你换不了轮胎的原因。”格雷格利自己笑着说。

“滚开，格雷格利。”

是的，婕恩想。这种情况我最多再容忍几个星期。不过，我真的喜欢她。

他们又来看了婕恩几次，而每一次格雷格利似乎都不存在；这个火力十足的女孩让他变得几乎透明了。拉切尔逐渐开始更多地对婕恩发表意见。一天下午，格雷格利讲了个关于马桶座的笑话却没有受到欣赏，于是便从她们眼前消失了。拉切尔安静地说："明天来看一场电影吧。"

"好啊。"

"还有……不要告诉格雷格利。"

"好吧。"和自己儿子的女友相约去看电影，婕恩第二天上午心想，这太奇怪了。好吧，仅仅是去看一场电影和吃一顿中国菜，说"相约"可能用错了词。不过，即便如此，她还是很兴奋，挑来拣去地找衣服，直到她自己都感到难为情。"我七点钟来接你。"拉切尔很自然地说，可是这句话在婕恩身上产生了奇怪的回声。这本应是开着英国奥斯汀7型老爷车的年轻男人说的，或者是由端着鸡尾酒跨着摩托车的追求者说的。四十年前，那些追求者，她一个也没有碰到过。现在这句话最终却由一个女孩说出口，一个比她年轻一半的女孩。

拉切尔选择的电影很粗犷，典型的日耳曼风格，是个政治主题的片子，就连电影里展现柔情的画面也只转瞬而逝变成空空的幻觉，或者带有明显的思想灌输痕迹。婕恩非常不喜欢这部电影，但也觉得它很有意思。她的这种反应是她逐渐注意到的。以前的时候——这个词涵盖了她的一生——她对自己所喜欢的东西兴致十足，对自己不喜欢的东西了无兴趣；不管怎么说，多多少少就是这种情况。她一直觉得别人也是如此。但是，她似乎刚刚培养出一种新的待人接物的方式；现在她对自己赞成的事情有的时候也会感到厌倦，而对自己反对的事情却会有所认同。她不敢肯定这样的趋势有多大的益处，但是，这种变化正在发生，这是不可否认的，也是令她感到惊讶的。

拉切尔已经买了电影票，还告诉她要请她吃晚饭。

“可是我有钱。”婕恩开始把手探到提包里摸索，可是服务生却已经下了单。她抽出一张卷成团的五英镑钞票。她就是这样拿钱的，因为这样会减少她拿出钱来时那种隐约的羞耻感。钞票被捏成一团仍然能用，或者仍然能被谈论，不会带来任何羞愧感。

拉切尔趴到桌子上，握住婕恩攥着钱的手，把它推回了手提包。在手提包底部，绒毛和化妆品间，有一个东西微微发着光，上面写着：婕恩·萨金特·×××。

“你现在又不是和一个男人约会。”拉切尔说。

婕恩笑了。当然，她没在和男人约会。不过，在某种程度上，她的确是在和某个男人约会。她的一举一动表现得仿佛她就在和男人约会。她穿衣服时的精挑细选，她离开电影院时对电影的闭口不言，她来到饭店时对拉切尔的言听计从。或许这只是上了年纪的人对年轻人的一种尊敬，又或许不是。“可是你又让我把钱收起来了，”她说道，“男人们才这样做。”

“如今不再是这样了。”

“他们不再这样了吗？”

“对。如今他们让你出一半的钱，但还像以前由他们全部请客时那样招待你。”

“那是什么样的呢？”

“给我讲讲中国吧。”在饭店的墙上有一幅用相框框起来的被理想化了的彩色东方风景画，上面有一条蜿蜒曲折的河流，碧玉般的树和像好莱坞电影里一样的天空。风景画经过简单的动画技术处理，因此画中的河流闪闪发亮，而云彩则慢慢地朝一边不断堆积起来。“嗯，不是那样的。”婕恩说。她对拉切尔的盛气凌人略表嘲讽，然后就开始像她母亲说的那样回谢拉切尔的盛情款待了。

她们谈了中国，谈了旅游，谈了友谊和婚姻。婕恩发现，和拉切尔讨论她与迈克尔的生活很轻松，因为她注意到她那年轻朋友脸上不时流露出的对往事表示愤怒的光芒，而她则心平气和地继续讲述她的故事。最后，拉切尔说：“我不能理解你为什么留了下来，还持续了那么久。”

“哦，都是些平常的原因。恐惧。对孤独的恐惧。钱。不愿意承认自己失败。”

“不，失败的不是你。如果离开的是你，他就会失败；这就是为什么他们不能理解的原因。”

“或许吧。还有一些其他原因。结婚后，我失去了很多信心。很多事情我开始不能理解。我总是做错事。我不知道答案。我甚至连问题是什么都不知道。不过，过了一阵子之后——大概五年左右——情况开始发生变化。我感到不幸福，也感到无聊。不过那时候我似乎懂得越来越多的事情。我开始懂得这个世界。我越觉得不幸福，就感觉自己变得越聪明。”

“难道你没有恰恰相反的感觉吗？——你越是变得聪明就越感到不幸福，因为你被欺骗了。”

“或许吧，我不知道。但是我开始疑神疑鬼。我不能离开，我想，因为如果我不那么不幸福，我会变得越来越不聪明的。”

“在你离开之后，真的是这样子的吗？”

“不是的，不过这不是我想说的。还有另外一个原因，你肯定觉得很傻。我可能也没办法解释清楚，不过我还记得当时的状况。

迈克尔和我不怎么说话；他很容易动怒，而我很容易厌倦；有的时候他会酗酒，而我会不时地失踪，只是为了让他担心我，或者说是试图让他为我担心。如果天气暖和，有的时候我会整夜待在花园里，只是为了不和他待在一起。

“不管怎样，就是那样的状况。没有多少乐趣。有一天夜里，我坐在花园里。屋子里拉上了遮光窗帘，就像战争期间一样。天上没有一丝云，只有一轮特别的月亮像往常那样挂在天上，像北极圈内的太阳一样发出淡白的光芒。轰炸机的月夜，我们常常这样说。我忽然间想，这场婚姻到底是为了什么？我为什么要待在这里？为什么不借着这和煦的夜色偷偷溜走？或许是因为缺乏睡眠，我感到一阵晕眩，但是答案再明显不过。我待在这里是因为一切告诉我应该离开，是因为这样没有意义，是因为这样很荒诞。就像某个人说过的那样，他们信仰上帝是因为上帝是荒诞的。我真的很理解。”

“我不理解，”拉切尔说，“我希望我永远不理解。”

“不要那么自信。一直保持理性会非常疲倦的。”

“不过这就是我为什么喜欢你的原因，”拉切尔说，“因为你从来不愚蠢。”

婕恩笑了笑，低下了头。她感到心中有一种窃喜。“你的嘴真甜。人们总觉得，你要是到了我这把年龄，你就不再需要听别人恭维的话了。实际上，老年人和年轻人一样需要别人的恭维。”

“你不老。”拉切尔高声说。

“哎呀。又是一句中听的话。哎呀。”她喜欢拉切尔，但稍稍对她有些发怵。这样的确然，这样的执拗。多年以前只有男人才能这么确然，这么执拗。

这就是为什么她选择了独自生活。婚姻有两个磁极，那就是愤怒和恐惧。现在女人对此也越来越精通了。让婕恩感到不解的是，常常是女人毅然决然地彻底拒绝男人，离开他们并和其他女人住在一起，宣布她们从异性的统治下解放，似乎她们才是出离愤怒的。既然她们已经得到了想要的一切，难道她们不应该心如止水一般安详、平静了吗？她们依然愤怒难遏，是不是对这个只有两种选择的世界表示愤慨——因为其中的一个选择是那么的苍白无效，令人心寒？婕恩觉得她无法问拉切尔这个问题，因为这只会让她生气。生气是另外一码事——如今，女人也对女人生气。在亚洲时代，在那个男人欺凌女人、女人欺骗自己的古老世界，在那个虚伪如同洋甘菊乳液一样被使用的古老时代，女人之间至少还有暗地里的合谋，在所有女人之中的合谋。现在有彼此可以接受的想法、忠诚以及背叛。婕恩感觉，情况就是这样。但是，或许你的一生只能学这么多。你的油箱只能盛这么多燃料，而飞机却在降低高度。你下降得越低，看见的东西就越少。

“我问你关于性的问题，你介意吗？我是说……”拉切尔犹豫了一小阵子。

“不，当然不介意，亲爱的。那么多年来，我们一直同房，这听起来似乎有些令人吃惊。”

“那……那……”拉切尔似乎有些没有底气，“那一切都正常吗？”

婕恩笑出了声。她端起一个蓝色的茶杯，茶杯不知是用什么材料做的，似乎介于瓷器和塑料之间。婕恩犹豫了一下，呷了一小口，把茶杯放回到碟子上，听它碰撞碟子发出的奇怪的咔啦声。

“我在中国的时候，他们刚刚颁布了新婚姻法。我记得我还读到了翻译过来的法案。婚姻法很完整，几乎对一切作出了规定。法案里说，如果一方有麻风病你就不能结婚，还严令禁止用水淹死婴儿。我记得当时从头读到了尾，很想知道党是怎样规定性生活的。我的意思是说，婚姻法从宏观上规定了一切。它只有十二个条文。”她停顿了一下，但似乎没有必要这样做。

“不要指望我去猜。”

“不，我没打算这么干。第十二条这样说：夫妻双方都有实行计划生育的义务。”她又停顿了一下，而这次停顿显得更加意味深长。

“那怎样呢？”

“嗯，我觉得你可以说我们的婚姻是中国式的。我们的婚姻更像实行计划生育而不像如今你们所说的过两性的生活。”

“我觉得这是个令人伤心的故事。”

“还有更糟的事情。我们并不是唯一的一对。还有很多中国夫妇呢。我猜他们现在仍然如此。这事……对他们来说没有那么重要。战争爆发了，然后就是和平，还有……”她发现她卡壳了，不能给出例子，“比如英国文化节……”

“啊，看在上帝的分上，你就不要……”

“对不起。我说的差不多就是这个意思。我们觉得没有什么大不了的事。我们不……”

“你会和我上床吗？”拉切尔低着头很快地问道，她卷曲的头发对着婕恩。

"嗯，亲爱的，你真好，不过我是一个老太太了……"

"不要对我居高临下的。也不要对你自己居高临下。"拉切尔紧皱着眉头说。婕恩仍然拒绝严肃地考虑她的问题。

"只是因为你请我吃了一顿晚饭就……"

"我是当真的。"

忽然间，婕恩感到比这个女孩年老了许多，也感到对她有些厌倦了。"好了，我们得走了，"她说，"买单吧。"

但是在车里的时候，她把她的手搭在拉切尔的肩膀上。她们在沉默中行驶了一会儿，拉切尔只是偶尔责骂几句路上的男司机。最后，拉切尔没有看着婕恩说道："我没有你认为的那样粗鲁，你知道的。"

"我没有说你很粗鲁。"

"跟格雷格利那样，我是说。他真的让我有点烦。"

"那，看来没有他你会更好。"

"他从来不考虑关于男人的问题。我的意思不是说当个男人，比如爬山什么的。我说的只是做作为一个男人该做的事，他从来不考虑这个问题。绝大部分男人都不考虑这个问题，格雷格利不比他们好多少。他只是觉得他是个正常的男人。"

"我觉得格雷格利只是一个敏感的男孩。"

"我想说的不是那个，我想说的不是**那个**。我想说的是，他觉得作为一个男人，这是正常的。他觉得你和我都属于人类物种的变体。"

"你是不是说这是因为我抚养他长大的方式有问题？"

"不是，我的意思是，上帝呀，如果格雷格利身边有一个男人，他可能会更糟。”

“谢谢你的恭维。”婕恩懊恼地说。夜空里的云把细雨洒在她们的车上，她们就这样继续前行。

“关于吃避孕药这事儿，”拉切尔突然说，“你可以上你不喜欢的人。”

“你为什么要这样做呢？”

沉默。哎呀，又说错了话。她又问了一个没意义的问题。你挣多少钱？你想去上海吗？

“迈克尔死后，”婕恩说，“他给我留下了所有的钱，房子，一切。”婕恩也不知道是什么让她想起了这个话题。

“他当然应该这么做，”拉切尔不快地说，“臭狗屎。老大叔。让你感恩戴德。”

这对婕恩来说可不够中听。“但是，如果他什么也没有给我留下，你会怎么说？”

借着车灯隐隐约约的光线，婕恩看到了拉切尔在微笑。“我会说，臭狗屎。老大叔。他拿走了你生命中最珍贵的二十年，还想惩罚你，让你最终感到愧疚。”

“事实上，”婕恩说，“他没有给我留下遗言。或者至少说，他们没有发现任何遗嘱。他死的时候没有交代后事。因此我和格雷格利得到了一切。这个你怎么理解？”

拉切尔几乎是恼怒地笑起来。“臭狗屎。老大叔。他不能决定是让你感到愧疚还是感恩戴德。即便在垂死的时候还想两边沾。想让你多年之后再搞清楚。就那德性。”

“那么他不会赢？”

“在我看来，没门。在他看来，他招招稳操胜算。”

“我曾经以为我知道答案，”婕恩说，“这就是为什么我离开。我觉得知道该怎么做。或许你必须说服自己，让自己相信你知道答案，否则你就什么都不会做。我结婚的时候我以为我知道答案——或者说，至少我觉得我会找到答案的。现在我不敢肯定了。或者说，现在我觉得答案不同了。或许事实就是这样——在某个时刻我们只能知道某些事情的答案。”

“你看看，”拉切尔说，“他仍然让你对他念念不忘。狗屎。”

当她们在婕恩房子外停下车的时候，拉切尔又说：“我曾经和一个人约会过。他还不错，很聪明，人非常好。作为一个男人，他还不赖。一切都还行。直到有一天，我看见他在我高潮的时候看着我。”

“你是说……从窗户缝里？”

“不，婕恩，不是从窗户缝里。”哎呀，婕恩心想，我们还在谈这个。“不是从窗户缝里，是在床上，在做爱时，正在做时。”

“好吧。”

“他总是那样看着我，好像我是一个表演马戏的动物。下面怎么样了？他从眼角斜着看我。令人毛骨悚然。我准备报复他，我的脑子里一直萦绕着这样的想法。我是说，我们的关系离结束不远了。但我要让他记住我。”

“我开始假装没有来高潮。你是不是觉得很吃惊？”婕恩摇了摇头。天啊，这一切变化太大了。拉切尔继续讲下去，她的语气更强硬了，但是婕恩从中听出了一丝不确定。“开始的时候很困难，有的时候我会失败，但是我做了无数遍。这真的对他起作用了。首先，我来了高潮，但假装没有高潮，然后我会让他一遍又一遍地继续，我假装快要来了，没有多远了，说不定就在下一个拐角，你知道的。然后，我让他泄了，就像一个学生娃一样。不，还不错，没关系。然后他会翻到床的另一侧，几乎要睡着但还睁着眼。这时我就假装自慰。不是很夸张，只是让他知道我正在这样做，并假装很安静地自慰以免伤害他的感情。这真的刺激到了他。真的。狗屎。"

为什么你不厌其烦地告诉我这个？婕恩下车的时候想。先这样做了，再告诉我。除非……这和格雷格利没有关系，对吧？她努力回忆和迈克尔在一起的情景——狂暴的天空下无所事事地日复一日，孤独的轰炸机月夜。她曾经伤心过，曾经失望过，愤怒过，但是她已经不记得她有像拉切尔所表现的那样的蔑视。这是性格的问题还是代沟的问题？人们总说现在的女人有更多的自由、更多的钱和更多的选择。或许不磨炼自己的性格，就不可能取得这样的进步。这也就解释了为什么男女间的关系似乎越来越糟，而不是越来越融洽；也就解释了为什么存在如此的敌意，为什么人们总是乐意把敌意称为诚实。或许，婕恩想道，或许还有一个更简单的解释——我已经忘记了我的感觉。人的脑子总是有办法把无益的记忆扔到废物处理单元中去。忘掉昨天的恐惧，就保证了今天的存活。在我和迈克尔一起生活的时候，我可能拥有过这样的愤怒和蔑视，但是我用枕头把它们蒙住，就像蒙住两只唧唧尖叫的小狗，所以现在我记不起把尸体埋在了什么地方。

拉切尔说："我喜欢男人在遇到一个聪明女人时眼里的恐惧。"拉切尔说："如果有什么我瞧不上眼的话，那就是对女人百般讨好的男人。”拉切尔说：“只有女人才懂女人。”她十六岁的时候就离开了家，在几个大城市里闯荡，在很长时间里只住在没有男人的房子里。拉切尔说：“男人打女人比以前更频繁了。男人还杀死孩子。”拉切尔说：“男人和屎有什么区别？你拉了屎之后就不需要再拥抱它。”拉切尔说：“一切都与钱和政治有关，千万不要以为它们没有关系。”拉切尔说：“我不是在批评，我只是觉得你仍然在期望有一个男人能够出现，为你解答所有问题。”

婕恩仿佛看见一个跷跷板，放在政府建造的居住区里的儿童游乐场上，全身涂成了市政器械的绿色。一个身着三件套衣服的男人坐在跷跷板的一端正在把它往下压。婕恩小心翼翼地爬上跷跷板，坐在他对面第一排的座位上；但是她的体重太轻，太靠近支点，因而没有产生任何作用。拉切尔来了，她像猴子一样爬到了跷跷板的最高点，坐在距离婕恩很远的地方，全然不顾她的安全以及底下的沥青地面就开始蹿上蹿下。那个穿着工作服的胖男人看起来有些不安，屁股移来移去，最终又坐了下来，脚后跟甚至还没有离开地面。过了不久，拉切尔愤愤不平地离开了。之后，婕恩小心谨慎地翻身从跷跷板上滑了下去，也走了。那个胖男人似乎没有受到任何打扰。很快又会有其他人到来。再说，他是这个游乐场的主人。

拉切尔说：“东方三博士[1]——当真吗？”拉切尔说：“如果他们能够把一个人送到月球上，为什么不把所有人都送上去？”拉切尔

1　出自《圣经·马太福音》，据经书记载，耶稣出生时，有三位贤士看到伯利恒方向的天空上有一颗大星，于是便跟随着它到了耶稣的出生地，并带来了黄金、乳香和没药。

说:“女人需要男人，就像树需要狗在它下面抬腿尿尿一样。”拉切尔的父亲曾经把鞋交给女儿让她擦干净，但是她不但没有涂鞋油，反而涂上了牙膏；她目睹了母亲的智慧在计算罐装食品价格的过程中一点一点消磨殆尽；她曾经目睹父亲抱住母亲，把她囚禁在他那像笼子一样的手掌中。拉切尔说:“一个男人骑着战马这无可厚非，但是由谁来清理沿途的马粪？”拉切尔说:“女人生来就是左撇子，必须学会用右手写字。怪不得我们说话结结巴巴的。”拉切尔说:“你以为我在喊叫吗？你不知道他们有多聋。”

婕恩不禁奇怪，想知道拉切尔的父亲是否曾经虐待过她，想知道是否和某个男人的第一次让她留下了伤疤；但是，拉切尔在婕恩还没有开始纳闷之前就看出了她的想法。“婕恩，”她说，“那是男人们的说辞。扳手配不上螺丝。”“我只是纳闷……”婕恩说。“好吧，别说了。你不必因为受到强奸才变成一个女性主义者。你不必看起来像一个汽车修理厂机械师。你只需要正常一些。你只需要客观看待事物。一切再明显不过。一切再他妈的明显不过。”拉切尔说：“对男人来说，**老婆和生活押韵**。**老公**又和什么押韵呢？没有。或许是垃圾桶。”[1]婕恩说:“我觉得你不能给男人任何机会。”拉切尔说:“现在他们知道我们怎么想了。”

她们开始一个月约会一次：去电影院，吃饭——在谈话的时候，她们开始深情地模仿彼此的立场说笑。第三个晚上，婕恩坚持要付晚饭的钱；后来，在婕恩房子外的车里，拉切尔斜倚过来亲吻了她的脸颊。“最好进来，以免你的大叔发狂。”

1　在英语中，“老婆”为“wife”，“生活”为“life”，尾音相同，因此押韵。“老公”为“husband”，“垃圾桶”为“dustbin”，读音相近。

第四个晚上，在一家印度饭店，婕恩觉得，厨师可能发了疯，在菜里添加了许多橘红色素。拉切尔建议婕恩还是去老地方。婕恩笑起来，这次她的提议并没有让她觉得怎么吃惊。

“可是她们都做些什么？”她漫不经心地问。

“她们？”

“她们。”她重复道，“她们”是指同性恋，但是她没有明说出口。

“嗯……”拉切尔斩钉截铁地应道，婕恩立刻拉起了她的手。“不，我不是这个意思，不。”突然间在她的脑子里，**她们**变成了我们；这个意象似乎很荒唐，令人羞愧难当。“不管怎么说……”

“不管怎么说什么？不管怎么说就像英国文化节？”

“不管怎么说，我觉得你不是一个……**同性恋**。”这次她终于说出了口，她的停顿给这个词消了毒，让它听起来很遥远，只像是理论上的，几乎不适用于拉切尔。她那年轻的金发伴侣握着她的手腕，目光灼灼地看着她，不容她把头扭开。

“我操女人，”她慢慢地用一种坚定的口吻说，“对你来说够同性恋了吧？”

“我非常喜欢你，不想让你是同性恋。”

“婕恩，这是你最没脑子的一个回答。”

“我想我的意思是回到男人上来也不算难吧？你们这一代所谓的政治，实际上都是关于其他事情的；不只是……不只是关于性的问题。”

“性什么时候是只关于性的问题呢？”

性一直只是性而已，婕恩想这样回答，但是很显然这是个错误的答案。或许她没有足够的经验和拉切尔争论。她为什么总是惹人不高兴？拉切尔总是像这样挑战她，让她说一些傻乎乎的话。她没有这个勇气。或者说，她只有勇气朝另一个方向走。

“不管怎么说，你看，我不愿意这样。”

“啊，好吧，这又是另一个话题了。”

婕恩看着拉切尔，看着她突出的下巴和咄咄逼人的棕色眼睛。为什么会有人看起来这么不快？不是对失望不快，而是对欲望不快。婕恩的脑海里浮现出各种各样的词——**她真漂亮可人，这么有性格，我太喜欢她了**——但是，她发现，这些话只是年长者用来缓解年轻人情绪的陈词滥调。她同情拉切尔，因为她还很年轻，还无法判定事情的是非曲直；荣耀或者罪责仍在前面等待着她。在那荣耀和罪责之外，就是令婕恩害怕因而也不愿期待的那段年龄——一个超然一切的年龄，这种状态发乎内心，也来自理智。如今，每当她听人讲故事或者看电影，她关心的并不是结尾的好坏；她只是想让电影有个恰如其分的结局，有个正确的结局，有个符合电影自身逻辑的结局。这就像观看自己生命的电影一样。她的志向不再仅仅是祈望幸福、祈望经济稳定或身体无恙（尽管她的祈望包括了以上三项），她还祈望更普遍意义上的东西——也就是一切事情的确然无疑。她需要知道她能够继续做她自己。

她无法向拉切尔解释这一切。因此这就是她为什么说，**不管怎么说，你看，我不愿意这样**。但是后来，在一个温暖的夜晚，当她躺在床上不能入睡的时候，她不再肯定自己是这个意思。她想到了穿着制服把口袋里的硬币抖得叮当作响的普罗瑟。她想到了那些身穿蓝制服的男人，他们静悄悄地坐在角落里，彬彬有礼地传递着食盐，比以往更加礼貌。

当她同意和拉切尔睡觉时，她并没有让自己感到太惊讶。老年人和年轻人一样需要赞美，她曾经这样说过；欲望就是赞美的一种形式。

“我不再像以前那么好看了。”当她们一起摸到拉切尔的小腹时她这样说。她想到了她的乳房，她的上臂，她的肚子。“你能借给我一件睡衣吗？”

拉切尔笑着说她没有，但还是拿了一件衣服充当睡衣。婕恩来到浴室，刷了牙，洗了澡，上了床，然后关了灯。她躺在床上，脸朝外没有看床的中间。她听到了拉切尔的脚步声，然后感觉到身侧有身体压上床的重量。嗵。就好像在第14号狗腿洞后面的草坪斜坡上莱斯利舅舅发出的声音。“我觉得今天晚上你还是饶过我吧。”

拉切尔把自己埋在婕恩后背的曲线里。勺子。婕恩回想起了她的童年。她和迈克尔就像一把勺子和一把刀。或许这就是答案吧。

“要是有什么你不想做，那就别做。”拉切尔说。婕恩低声地喘息着。可是要是我什么都不想做呢？她紧张地躺在那里，任凭拉切尔抚摸着她，但努力确保不释放出任何不经意的信号，让拉切尔解读为快感。过了一会儿，拉切尔停了下来，她们一起坠入了梦乡。

她们又尝试了两次，如果用“尝试”这个词确切的话——婕恩脸朝外侧卧着，身穿借来的睡衣，屏住呼吸等待着。她想要自己“想要”这样做——但是那种“想要”的欲望却不能带来实际的满足。当拉切尔似乎已经睡着的时候，婕恩开始放松，她也惊讶自己之后睡得如此香甜。她怀疑她们是否能够一直这样持续下去。这不太可能。但是那种还想要的感觉让她感到了惊慌、干枯和老年的沧桑。

“我觉得我没有和你心安理得睡觉的勇气，亲爱的。”她们第二次见面的时候她说道。

“和人睡觉不需要勇气，而恰恰相反。”

“对我来说似乎是需要勇气的。太需要勇气了。你得放过我。”

“我们还没有试过多少次，你知道的。”

“我喜欢睡觉的那一部分。”婕恩一说出口就开始后悔了。拉切尔皱了皱眉头。为什么性总是让人不快？她开始感到一阵焦虑。

“你还记得你告诉我的那个故事吗？……就是和一个人……一个男人……在床上睡觉时自己取悦自己的故事？”

“记得。”

“是格雷格利吗？”

拉切尔笑了。“不，当然不是。如果是的话，我就不会告诉你了。”婕恩松了口气；至少她的家庭中还没有人被某种可怕的性欲所诅咒，而这诅咒已经降临到拉切尔头上了。不过，后来，她感到有些不安——如果拉切尔能够用她的身体做出某种艰难的假象，那么她肯定也能用她的舌头轻易地说谎。

或许不像拉切尔所说的那样，和人睡觉确实是需要勇气的。或者至少这可能是一种勇气。或许她储藏的勇气已经用尽。就像日出普罗瑟一样，紧张，露了怯，胆小；栽了两次跟头。拉切尔说，她离开迈克尔自个儿把格雷格利抚养成人是非常勇敢的。婕恩从来不把这些当作勇敢，只是觉得这是再明显不过的选择。或许勇敢只不过是完成自己觉得理所当然、非如此不可、他人却觉得出格、难以理解的事。她喜欢拉切尔，她和拉切尔上床，对拉切尔来说，这是在干一件理所当然的事，所以不需要一点勇气；而对婕恩来说，这却是件非常出格、不寻常的事，让她用尽了所有勇气。人们只是被用尽，婕恩心想，他们的电池不能再充电，没有任何办法。哎呀。或者这真的和勇敢没有任何关系。

或许在和平时代应该有一个不同的词。除非你是一个消防员或者拆弹专家，否则你不能够用“勇敢”这个词。你只是做事情而已，或者你什么事情也没做，仅此而已。

※※※

莱斯利舅舅生病的消息是他的房东太太布鲁克斯夫人在电话里大声喊着告诉婕恩的。自打莱斯利从美国回来，战争结束很长时间后他一直不被人注意，从事一些不为人知的工作，有的时候还会赌一把，日子过得紧巴巴的，有时还需要人接济。他总是住在寄宿处，有的时候会匆匆忙忙地搬家。但总的来说，他的表现还算可以。当他的年纪越来越大，他的换物交易体系也越来越发达。

“你不介意换给我这个插头吧，钮毕夫人？”“你不介意让我和你分享这顿午餐吧，费里斯夫人？”这是格雷格利记忆中他的舅公参与的最早的对话。近些年来，莱斯利已经好几次带格雷格利去酒吧了，但是格雷格利没有一次看到钱的交易，除非轮到他出钱。在酒吧关门的时候，莱斯利摇身一变成了一名酒鬼，步履蹒跚地在酒吧里四处乱转，到处收拾酒杯以换取酒喝，他还会拖长声音模仿酒吧老板的喊声：“时间到了，先生们，请自便！”

“你好，小婕恩。”他已经多年没有这样叫她了。她现在已经六十多岁，不过一点也不介意。

“你过得怎么样？”

“每况愈下，就这样，我一日不如一日。”

“医生们都这样说吗？”

“他们没说过，因为我也没问过。”莱斯利舅舅看上去很消瘦，皮肤发黄，他的胡子凌乱不堪，头发稀疏，上面喷了一团男士发乳，从而使头发结在一起。“我们都有秘而不宣的事情。我也有那种没人问就不说的秘密。”

婕恩坐到他的床上，握住他冰冷、虚弱的手。“你一直是一个勇敢的人。”她说，“要不是我想到你已经出过国，我恐怕绝没胆量踏出这个国家半步。是你让我去了金字塔。”

“嗯，我可不建议你跟随我现在的目标。”婕恩没有说话。她没有什么可说的。“无论如何，我总是有点胆怯。你小时候可能会觉得我是一个很潇洒的人。我现在和以前一样胆怯。总是在逃离。总是在奔跑。我从来就不勇敢。”

“没有恐惧就没有勇敢。”婕恩加重语气强调道。她不想让莱斯利舅舅陷入自怜。再说，事实就是如此。

“或许不是这样。”莱斯利舅舅说。他现在闭上了眼睛，露出一种胆怯的微笑。“不过我可以告诉你，你可以不勇敢而感到恐惧。”

婕恩不知道说什么好，直到她想起了乡村里的那个候车棚，就像一个已经小得装不下鸟儿的鸟屋一样。

“莱斯利，我们一起去老果岭天堂的时候……”

“你觉得那是老高尔夫球手死去的时候要去的地方吗？”她再一次不知道该说什么好。“没关系，小婕恩。老高尔夫球手从来不会死，他们只是丢了他们的球而已。”

“当我们一起去老果岭天堂的时候，你常常用香烟变戏法。”

“哪一个？”

“你常常抽完一根烟而不掉一点烟灰。你还把头慢慢向后仰，直到所有的烟灰都稳稳地摞在烟头上。”

“我这样做了吗？”莱斯利微笑着说。至少他还懂得一点知识，还留有一点秘密。大多数情况下，人们总是想从像处于他这样境况中的人身上知道死去究竟是一种什么样的感觉。“你想知道这个戏法是怎么变的吗？”

“是的，请告诉我吧。”

“关键的地方是，你在香烟的中间插一根针。把头向后仰这一套动作只是为了让它显得更真实一些。有微风的时候，你不能变这个戏法，或者尽量别在户外做，这是同样的原因。你要让所有的人屏住呼吸看着你。要让他们感觉，如果他们不乖乖听话的话你就可能搞砸。这样做总是很管用。你甚至可以在大风中头朝下吸烟，烟灰也不会掉落。我没这么试过，不过那香烟的味道可不好。你会不断地念叨，这烟怎么一股金属味。”

“莱斯利，你可真是一个聪明的老家伙。”

“嗯，你总得留一手吧，对不对？”

婕恩第二次去看莱斯利的时候，他看起来更虚弱了。他要求见一见格雷格利。自从格雷格利五岁时——也就是莱斯利正式承认他的存在那个时候——他的侄孙就不断地收到神秘的圣诞节礼物。六岁的时候，他收到了一件精美细腻的浮雕，是一个烟斗架；七岁的时候，他收到了一副立体卡片但没有立体镜；十岁的时候，他收到了一组莱桑德飞机模型组件，但没有底仓和机尾；十一岁的时候是一个自行车打气筒；十二岁的时候是三块亚麻布手帕，上面印着手帕的首字母H[1]。只有一个字母，他想。十四岁的时候，他收到了一些过期二十年的法国钞票，当他到银行兑换钞票的时候还被当作一个愚笨的骗子。二十一岁的时候，他收到了一张莱斯利舅公签名的照片，这是他多年前就照的，可能是在美国。在起初的失望之后，格雷格利开始暗暗对他的礼物感到自豪；对他来说，这些礼物并不能说明赠给他礼物的人漫不经心，而正好相反：它们显示出一种决心——一定要给侄孙留下最具莱斯利舅公特色的东西。在这方面它们从来没有失败过。格雷格利甚至有好几年暗自生怕那个丢失的立体镜会出现在眼前，或者他母亲会再送给他一个。那就会毁掉一切。

租给莱斯利房子将近五年的布鲁克斯夫人是一个体形消瘦、口齿不清的女人，她总是莫名其妙地就大喊大叫起来。这和耳聋没任何关系。莱斯利舅舅曾经证明过这一点，他悄悄地把她的收音机打开并观察她的反应。这只不过是一个长期没有纠正的习惯而已，没人知道它是怎么开始的，也没有人关心。

"他身体很不好，"当她给格雷格利打开门的时候大声对着马路喊道，**"我看不到他有任何好转的迹象。"**她一边对着自己房子一二层楼咆哮着，一边从格雷格利手中接过外衣。幸运的是，莱斯利舅公的房间在顶楼，这是一间宽敞的阁楼，一到夏天就非常热，

---

1 手帕在英语中写作"handerchief"。

房间离水箱很近，整日能听到汩汩的水声，这使他偶尔在讨论该付多少房租的时候具有很大的优势。

格雷格利不断地做出送客的姿势把布鲁克斯夫人挡在了一楼。现在，他轻轻敲了敲阁楼的门，走了进去。他以前从来没有参观过莱斯利舅公的寄宿处，一走进房间就感到了一股微妙的怀念的味道——当然，他想，我所有的圣诞节礼物就是从这里来的。这个地方看起来像一个小本买卖的慈善品销售店：房子里叠放着一堆衣服，很显然不是一个人的；地上散放着三个胡佛吸尘器以及第四个吸尘器的零件；还有一个雕花玻璃花瓶，正中间往上有一层发黄的浮垢；一堆右上角被剪掉的平装书，价值分别为几先令或几便士不等；一把放在盒子里的早期的伊莱克斯剃须刀，有着珍珠一样的粉色，那款式极其古老，就像一样别的什么东西，比如一件不太流行的成人用品；一堆大小不一的饭碟；几个巨大的提箱，容量加起来似乎远远超过了整个房间的体积；还有一盏春日上午十一点钟还亮着的落地灯。

“亲爱的小子。”莱斯利咕哝着说，有时还会故意强调“小子”二字，以便让格雷格利感觉这是一个专门奖励给已经完全长大的人的词汇。“亲爱的小子。”

格雷格利没去管旁边放着的那个仿佛用作椅子的顶部塌陷的亚麻绳编织盒，直接坐在了舅公的床上。他不知道在“这些场合”下该说些什么——他猜想，现在就是“这些场合”之一；不过没关系，因为莱斯利一直掌控着这个场合，尽管有的时候他也会沉默几分钟。他现在想的是布鲁克斯夫人。

“她有没有告诉你，我请她让我死在这里？”

格雷格利晓得怎样回答，因此没有“得了，得了”地敷衍。“没有。”

“我告诉她，如果她不让，我就要去收入所得税所聊聊。”

“莱斯利，你这个老恶棍。”格雷格利觉得这是他能够说出来的最好听的恭维话了；莱斯利欣然接受，然后把一根手指放在他的鼻侧。他似乎非常虚弱，没法敲鼻子。

“那个傻乎乎的老东西甚至不得不假装她是我失散多年的嫂子或者其他什么。这是医院放过我的唯一法子。‘没错，’我对她说，‘你来领尸。’医院那些人可不喜欢这套。吃点药，孩子。”他朝着床边的那些塑料长盒做了个手势。格雷格利摇了摇头。“不能责怪你，小伙子。我自己都不在乎那些玩意。”

他们在沉默中坐了一会儿，莱斯利一直闭着眼。他的头发光亮如故——或许他在盥洗袋里放着一些廉价药水吧，格雷格利想——不过他的眉毛全白了，胡须则半黑半白。他脸骨上面的皮肤已经发黄脱落；但是，即便在他安详地小憩的时候，他的神情依然焕发出魅力。他看起来就像在展览会上大声招徕顾客去看长胡子的女人的摊主一样。你走进去，发现胡须是粘上去的，然后他知道你知道了，再然后你知道他知道你知道了，但是你几乎不能拿这个算他耍赖。“千万不要错过长胡子的女人哦。”当你步履蹒跚地走出来经过犹豫不决的人群的时候，你发现你也在大声地宣传。

莱斯利偶尔也会说些什么，他会努力睁开眼睛、努力张嘴说话。他不再提自己的死，格雷格利觉得这事儿就算完结了。他谈论了一会儿婕恩，并一度向格雷格利泄密，“你妈妈她以前可真是个活宝”，说完这话，他又闭上了眼。

格雷格利不知道他是什么意思。或许“活宝”就是指一个“放荡”的人，人们以前都这么叫。可是这个词实在不适用于她母亲。这一定是战前的某种俚语。如果他记得的话，一定要查一查字典。

过了一会儿，他想告诉莱斯利，他一直是多么喜欢他，他觉得婕恩厌恶的战争年代是多么的美好。可是这样说似乎有些欠考虑，甚至很残酷。他没有这样做，而是小声地说道：“你记不记得你送给我的那些立体视觉卡片？前两天我还想到了它们。”

“那些什么？”

“那些卡片。有点像彩色透明片，不过只有两片是连在一起的。然后，你把它们放在镜头下，对着光线，就可以看到非洲野生动物园或者大峡谷的景象。只是……只是你一直没有给我镜头。”尽管格雷格利内心并没有任何埋怨，但他仍然努力使他的语气不带有埋怨，却没能做到。

“呵，”莱斯利眼睛紧闭着说，“呵。”他是否在反思自己对侄孙的吝啬？慢慢地，他的眼睛又睁开了，视线直直从格雷格利肩膀上穿过。“如果你再找一找，说不定会找到丢了的镜头。”

“不，不，舅爷，真的，我不想要那个。”

一只眼睛短暂地睁开了一会儿扫视着他，判断他是不是有点口不择言，然后又闭上了。几分钟之后，莱斯利说道：“你把剃须刀拿走吧。”

“什么？”

“我说你把剃须刀拿走吧。”格雷格利看了看抽屉柜顶部。那个伊莱克斯剃须刀闪着微弱的粉红色的光。

“谢谢。”他意识到这是一件完美的礼物。

“因为你要是不拿走的话，她就会用它剃腿毛。”

格雷格利笑起来，嘴角微微上扬。最后，他闭着眼睛说出了格雷格利听到的最后一句话。“这不是共同市场，你知道的。”

的确不是。格雷格利站起身，把他的手平放在舅爷的肩膀上，尽可能轻轻地晃了一下，从抽屉柜里拿起剃须刀，藏在口袋里以防布鲁克斯夫人错以为这东西是他偷窃的（当她发现剃须刀丢失之后，的确是这样想的），然后离开了。

莱斯利死后，格雷格利帮助布鲁克斯夫人收拾阁楼。

“最好把这一切捐给牛津赈灾会。”她喊道，为的是警告第三层和第四层的住户。当他们搬动床的时候，格雷格利踩到了什么东西，嘎吱作响。那是一袋烤鱼片，已经扔在那里好几个月，油水已经风干。格雷格利把它捡起来，四处寻找废纸篓，可是没有找到。一堆垃圾，他想，可是没有地方扔掉。

在办公室里，格雷格利和那些企图以死亡来交换金钱的人谈生意时，他想到了莱斯利舅公的生与死。他不仅颇受感动，而且最后一次拜访舅公时的种种给他留下了深刻的印象。格雷格利一到，他就提到了他即将到来的死，把它包装成一个笑话，然后谈论别的事情。他没有把它搞成一个告别会，尽管这正是地道的告别会；他没有向自我怜悯屈服，没有向来访者安抚的眼泪屈服。这一切让莱斯利的死不那么伤心。格雷格利觉得，莱斯利一直——他找不到更好的词来描述他　很勇敢。

这样的死似乎很不平凡。莱斯利，一个从战争中逃离的人，一个东拿西借、小偷小摸的人，一个如果不是自己家人就可能被婕恩叫作吊儿郎当的痞子的人，勇敢地死去了，甚至荣耀地死去了。

这是否有些太干脆，对于死亡来说太不合适？不管怎样，他们不敢肯定莱斯利是否真的在战争中当过逃兵——这只是婕恩父亲的一面之词；莱斯利本人把这一段时间称为“在合众国那一边”。他生命的换物交易体系是不是迫于贫穷，这个他们也不知道；格雷格利并不是真的知道莱斯利是如何死去的，也不知道结局如何。或许药丸带走了他所有的痛苦；在这种情况下，你还可以说这是勇敢的吗？嗯，是的，你知道自己就要死去，而你必须直面死亡。在这个意义上，这就是勇敢。或许人们服药是为了带走死亡，消除它，让它有一种甜甜的味道。格雷格利希望他们就为了这样的目的。

那什么是理想的死亡？还有没有理想死亡的可能性呢？往昔人们对理想死亡的信仰——勇敢、坚韧、慰藉、深情的死亡——在根本上是不是就是一个幻觉？“理想死亡”是否只是一句和现实所指毫无干系的话而已？“理想死亡”是不是就像给一个不存在的动物命名——比如一个长翅膀的鳄鱼？或者说，理想死亡或许很简单——是你在条件允许的情况下，在没有医疗救助的情况下选择的最佳死亡方式。或者更简单——理想死亡就是任何没有陷入痛苦、恐惧和挣扎的泥沼的死亡方式。如果按这个标准来说——的确，如果按以上任何标准来说——莱斯利舅公的死就是理想的死。

※※※

婕恩想起了中国。或许这就是为什么她在那儿并没有感到像预想中那么陌生。这是因为在中国待着的感觉就像和一个男人共同生活那样。男人们用金鱼耍杂技，希望给你留下深刻印象。男人们送给你用狗皮做的皮大衣。男人们发明了塑料盆栽。男人们送给你他们觉得完全够你用的小小的地址簿。男人们在非常原始的地方——他们骑着自行车，把猪拴在车的后座上，赶往市集。最重要的是男人们和你说话的方式。在亚洲时代。寺庙被后悔了。我们种女人。这里是哭泣中心。他们借助扩音器朝你喊话，尽管离你只有几码远。当扩音器的电池电量耗尽时，他们仍然对着扩音器朝你喊，而不喜欢用同样有效的、更轻柔的人声。或者他们对着一堵弧形的墙从另一边向你说话，你伸出脖子尽力听，却没法把他们的声音和其他几十个人的声音分开。当你向他们问最简单的问题时——“你想去上海吗？”——他们无法回答。他们假装你的提问有问题。这不是一个实际的问题。你为什么要问这样的事？你得不到答案，因为没有问题。只有哭泣中心。把手指放在绳结上，帮我捆一下猪。寺庙被后悔了。在亚洲时代。不要忘记我们生活在亚洲时代，我们一直生活在亚洲时代。

III

永生不是一个高深的问题。

——克尔凯郭尔

你怎么样把好的人生和坏的人生——虚度的人生——区分开来？婕恩想起了在中国玉石加工厂见过的那个女工头，想起了游客对她的提问——你怎么把好玉和瑕玉区分开？经过导游的翻译，一个没电的扩音器传来了回答：“你得看，只有看，你才能知道好坏。”现在，这个问题不再那么不可捉摸了。

婕恩常常好奇，变老是怎样一种体验？当她五十多岁时仍感觉自己只有三十多岁，那时她听到广播里一个研究老年现象的学者的讲话。“用棉花塞住你的耳朵，”他说，“用卵石填满你的鞋子。戴上橡胶手套。在眼镜上涂上凡士林，这时你会感觉到：你瞬时变老了。”

这是一个很不错的测试，但是它有一个天然的缺陷。你从来不会瞬时变老，你从来不会有可以相互比较的鲜明记忆。当她回望百年人生的最后四十年时，她并不觉得变老一开始就意味着感官的弱化，甚至变老的主要过程也不是感官的弱化。首先，你变老，但在你的眼里并非如此，而是在别人的眼里变老；然后，你慢慢地同意别人对你的意见。并不是你不能像以前那样行走得更远，而是因为其他人不期待你走多远；而如果他们没有这样的期待，那么你就没有必要那么倔强而无望地坚持下去。

六十岁的时候，她依然感觉自己像一个年轻女人；八十岁的时候，她感觉自己像一个某地方出了问题的中年女人；在她将近一百岁的时候，她再也不去考虑自己是否感觉比实际年龄要年轻——这样似乎没有任何意义。让她感到释然的是，她没有像早些年那样疾病缠身，卧床不起；不过大多数情况下，她对自己生命中见证的医学进步习以为常。她越来越生活在她的思想里，并且很满足那样的状态。记忆，那里有太多太多的记忆；这些记忆就像爱尔兰风云变幻的天气一样飞速掠过她的天空。年复一年，她的双脚似乎离她的双手越来越远；她总是掉落一些东西，偶尔绊一跤，感到害怕；但她注意到的大多数现象只不过是耄耋之年暗地里的揶揄和矛盾——一切事发生的过程，似乎变得比从前长了许多，但是，尽管如此，时间却似乎飞逝得更快了。

八十七岁的时候，婕恩开始抽烟。香烟那时已经被最终宣布为无害物，每当晚饭过后，她总要抽上一根，闭上眼睛，从上一个世纪的刺鼻气味中吸上一口。她最喜欢的牌子是数字牌。这种香烟首次上市的时候，一支香烟被虚线分成了十八个平均单元，分别标上数字1到18。这是香烟厂家的一个善意的设计，可以用来帮助人们知道吸烟量。不过几年后的一个夏天，当网络聊天室的话题变得越来越少的时候，爆发了一场大辩论（在香烟厂家看来，这场辩论失控了），辩论的内容是给数字牌香烟标数字是否显得像家长一样霸道和严苛。最后，由于全国投票高达百分之八的反对率，再加上其他几次令人不快的事件（销售部主任的轿车被涂上虚点线，从引擎罩到后备厢被分成了十八个部分），生产厂家最终同意生产不标有数字的数字牌香烟。即便如此，婕恩仍然下意识地认为她的香烟包含十八口。六口，六口，再加六口；每吸完一部分，她会把香烟放下。头六口会让她陡然间被快感填满，这六口是新生命的爆发。中间六口不那么有劲，却能让她保持在她快活、轻松取得的愉悦状态中。后六口含有一丝恐惧——她会看着那烟火渐渐燃烧到她的指根，因此，有时她会把六口延长为七口。不过这从来就没有什么差别。

婕恩还喜欢坐在太阳底下休憩。或许，她想，这和你的皮肤有关系——当它老化得越来越像皮革，布满了斑点，像爬行动物的皮肤一样，你的行为就开始变得像蜥蜴那样。有的时候她会戴上一双白色的旧手套，而不去看她自己的那双手。

“你的皮肤痒痒吗？”格雷格利会问。

“只是为了不看到我的那些香肠。”

快六十岁的格雷格利依然长着圆圆的、温柔的脸，和婕恩记忆中他们四处迁居时一模一样。有时，他的眼睛会突然迸射出一种炽热的光芒，这会让婕恩回忆到他生命中曾经凝视的一切——他的彩虹战斗机群、他的电子象棋游戏机、他的脸色苍白的女朋友们。现在只有记忆才能让他年轻。她意识到，她已经变成了一个老人的母亲。他满头苍发，圆圆的金色眼镜看起来就像古董，他审慎、探寻式的动作愈发使他像一个迂腐的老者。格雷格利每周工作两次，平时，他在通用电脑系统上玩游戏，他坐在屋子里欣赏爵士乐。有的时候，她感觉一团晨雾笼罩着他的生命，从来没有散去。

婕恩不再特意在镜子里检查自己。这不是出于虚荣，而是由于失去了兴趣。你只会看到数不清的肌肉被拉长，变得松松垮垮，它们不是让你好奇，就是让你惊恐不已。再有一处变长对她来说也不是什么新闻。她把头发梳成一个松松垮垮的圆髻。她已经有好几年没有洗发了，那苍白如今已经变成了陈年积累的黄色。好奇怪呀，她想——还是孩子的时候，我的头发几乎是金黄的；现在，在我的第二童年，我又有了一层虚假的黄色。和她成年时的身高相比，她又收缩了三五厘米；背开始有点驼，在房子里走动的时候需要扶着家具。她已经放弃关注公众事件很久了；她的性格不再像曾经那样重要；她的眼睛不再像先前那样蓝，而开始有一种乳灰色，就像阴晴不定的清晨的天空一样。这一切仿佛氧气供应罐裂了一条小小的缝；万事万物开始变得那么缓慢，那么普通。不同的是，她知道这一切，因此，她不能和嘲讽着人生、挣扎着飞向太阳的那些精明的飞行员分享这无知的快乐。

有的时候，格雷格利会把她介绍给其他老年人，但总是对她的冷淡而失望。“可是我从来就对老人不是很感兴趣，”她常常这样解释，“为何我现在却要开始感兴趣呢？”

“可是你不能和他们……我不知道……谈一谈过去吗？”

“格雷格利，”她用一种听起来峻厉的语气肯定地回答，“我对他们以前的故事不感兴趣，至于我的故事，我自己知道就可以了。等你年老的时候，或许你会对其他老年人感兴趣。”

格雷格利笑了笑。老年？他甚至连一份人寿保险都没有买。当然，公司曾经给他提供了一份特价保险，但是他拒绝了。人们说一个没有投保的保险推销员就像一个吃素的屠夫。这个笑话没有唬住他。他会点点头，心中默默地说这话有道理，屠夫可以吃素——如果你整天屠杀动物，或许你回家时晚餐就不再想吃它们，即便你会因为割肉得到减价待遇。

五十多岁的时候他开始思考自杀。他静静地思考，似乎随时可以与人分享——这不是一场情节剧，没有闪电穿透那如复写纸一样蓝黑色的天空，只有一缕审慎、坚定的思绪。或许这和他没有买保险有关系，因为保险条文禁止忧郁性行为并反对忧郁性沉思。或许这个世纪的头十年里，关于自杀的新闻报道太多太多了。据说有人坠入爱河只是因为他们听到别人谈论爱情，自杀大概也是如此吧。

所有那些自杀的老年人。格雷格利还记得他们的名字：弗雷迪·佩奇、大卫·萨里斯布里、茜拉·亚博里。再加上每个人都熟知的名字：唐·约翰逊。不用说，报纸和电视误解了第一批自杀的老人。媒体新闻评论员指出安乐死合法化已经八年了，在欧洲，政府给人们提供了最佳的终结生命的软死亡便利条件；人们除非是受到了严重打击，否则谁会选择哗众取宠的自杀方式呢？在这种情况下，我们必须强化针对区域性老年人生活状态的监测服务，广泛散发言辞含蓄的安乐死宣传单。

但是这场自杀运动越来越显示出它的效率。从2006年3月到9月，每月第一天都会发生老年殉道团自杀事件；老年殉道团协调委员会宣告了他们的存在；但报社记者发现，有关老年人的新闻，如果充分渲染他们的死亡，并不一定会降低社会的自杀率。当老年殉道团委员会的电话被窃听之后，这件事反而使自杀受到青睐——人们公开表达观点，指出窃听老人的电话是错误行为。

10月1日，著名的板球评论员默温·丹博雷手持由首相签名的生日贺卡在圣保罗大教堂开枪自杀。在老年殉道团发布第一份对政府的要求后不久，他们组织了一次非公开的网络电话民意调查，调查了37%的七十岁以上的老人。老人们的要求如下：（1）停止一切关于软死亡设施的宣传。（2）关闭所有的老年疗养院。（3）官方不再使用“老年症”及其相关词汇。（4）未来对老年人的称呼必须是老年人。（5）对老年人给予更多的爱。（6）要颁发一系列奖项，表彰老年人的智慧和成就。（7）设立每年一次的老年节。（8）工作与住房方面须给予老年人政策倾斜。（9）给八十岁以上的老年人免费发放休闲药。

开始的时候，政府拒绝接受强迫谈判，然后唐·约翰逊在白金汉宫外的两个岗哨亭之间自焚而死。每一家报纸的首页都刊登了他的照片，照片上的轮椅已被烧成黑色，尸体装在袋子里蜷成一团，惨不忍睹。政府用诽谤性宣传企图把约翰逊定性为危险的不稳定分子，指出他的死可能是由仇杀引起的意外失火事件。几周之内，委员会提出的绝大多数要求都被实现了；作为对先前怀疑态度的一种象征性补偿，政府甚至提议把老年节命名为唐·约翰逊日。电视不仅让老年人被大众广泛地理解，而且把老年变成了一种时尚；社会上出现一大批和青年人迈入婚姻的年迈的老年人；政府发行了老年名人肖像的邮票；老年运动会得以设立；格雷格利也邀请母亲一起住在他房子后面的一间充满阳光的小屋子里。

人们常常开一些这样的玩笑：他盘算的是，你会变成一个媒体明星，让他也出现在你的节目里；他觊觎的是你的休闲药，等等。她偶尔也会担心格雷格利的意图；但是每当她问自己是不是应该对人威逼利诱，他们才能行善的时候，她总会不假思索地回答当然应该这样，因为只有这样做，大多数人才会行善。事实上，她和格雷格利从来没有谈论过他请她来住的意图，也没有谈论过她接受邀请的意图。

※※※

1998年，在一系列调查之后，政府开始实施通用计算机工程。早先的时候，在80年代后期，曾经进行过各种各样的实验工程，其目的是把人类的全部知识存储到一种可以随时存取的介质上。1991到1992年间的“乐学工程”就是最有名的一次试验，还获得了官方资助，为参与者提供奖励和奖学金；但是，这个项目严苛的原则受到了指责，因为人们发现它和政府推行的一场旨在降低全国范围内少年儿童使用游戏厅人数比例的运动有关系。有人甚至指责乐学工程好为人师，误人子弟。

早期的项目不可避免地都是面向书本的；他们试图构建一个终极的、完善的图书系统，使“读者”（就像这个词的古老意义一样）能够获取全世界的知识积淀。不过，有人提出了反对意见，认为这些项目太过学术化——那些习惯于使用书本的人现在可以更有效地使用书本，而那些不习惯使用书本的人将会陷入更大的劣势处境。20世纪90年代中期，政府发布的三份报告建议建设一种更民主的用户基站，然后再审核所有实验项目的资质，决定它是否能够得到国家全额支持。

通用计算机系统的建设是以信息为中心的，检索者所检索的不是书名，而是与需要内容相关的主题词。在输入阶段需要检测数据来源的可靠性，但这一过程和输出没有关系，因而被隐藏了起来。学者们称，后备型书目的缺失剥夺了整个通用计算机系统的有效性；但是支持项目的大众认为学者们把事情看得过于戏剧化了，并坚持认为，隐藏数据输入阶段的验证过程能掩盖作者的虚荣——或者用后来人们给他们取的名字来说，这可以掩盖数据提供者的虚荣。人们说，信息的匿名化就好像从蛇的身体上抽取毒液。现在不同的只是知识真正地走向了民主。

2003年，通用计算机项目终于得以实施，它存储了迄今为止以所有语言出版的所有书籍的知识；研究者收录了所有广播电台和电视台档案库，所有书本、磁带和录音库，所有报纸、杂志和民间传说。在市政府通用计算机系统总部入口处的一个石头显示屏上刻有这样一行话：人类已知的一切。有学者指出某些区域存在输入的瑕疵，“总体知识”这一概念和他们所称的“正确知识”相抵牾；某些愤世嫉俗的人则讥讽，你不能向通用计算机系统咨询的唯一问题是有关它的输入、来源、原则和人事组织的问题；但是支持项目的大众很满意，当他们被邀请加入辩论，探讨“总体知识”和“正确知识”孰是孰非的时候，他们说这个问题就是闲扯淡。当然，通用计算机系统可以用于计算赛马赌注和调用足球比赛结果，但是这也没有什么害处。更重要的是，它允许人们建立一系列时间更灵活、管理和授课更人性化的夜校。尤其值得一提的是，通用计算机系统这一符号本身让支持项目的大众感到欣慰——信息终于可以存储起来，事实终于可以预测。

通用计算机系统不仅在输入上是大众化的，而且在输出端也是大众化的。你在键盘上输入社会保险号，经过计算机修改就会输出你能够理解的信息。通用计算机系统的这一特点最初还饱受争议，但很快就被人们广泛接受了，并被认为是不可或缺的。据说，通用计算机系统可以让你随时输入问题，为你随时作出分析，连续不断地对你的理解进行评估，并且在有必要的情况下使用评估结果来更新你的社会安全信息列表。不过，这个传闻一直没有得到证实。人们（尤其是大众支持者）很快就学会了使用通用计算机系统并开始对它产生依赖，他们开始对它喜爱有加。有的不只是喜爱有加，甚至出现了许多由于沉迷通用计算机系统而导致离婚的案件。

渐渐地，关于这个数据储存库的传闻就像疯狂生长的藤蔓一样蔓延开来。据说，通用计算机系统除了设计有大众输出修改单元，还包括一个能够允许秘密操作员侵入电路修改用户回应信号的设备。据说，从通用计算机系统得到最佳答案的方式就是用你的问题撒谎。据说，在通用计算机系统和新苏格兰场三号院之间有网络连接，凡是提出可疑问题的人（在哪里可以找到一个不存在的主人收藏的那些最宝贵的银器？）在离开大楼的时候都被带走了。

不过，大多数传闻都是围绕通用计算机系统中的某个叫TAT的功能展开的。2008年，在一阵激烈、神秘，同时受到某方资金支持的辩论之后，TAT被作为信息模块补充到了系统中。TAT代表绝对真理。昔日的纸质图书馆都收藏有一些只有个人申请之后才能检阅的（色情、侮辱宗教和具有政治争议性的）书籍。现在，通用计算机系统拥有一个信息处理模块，只有得到特殊许可才能输入信息。那些愤世嫉俗的人比较历史后宣称，真理现在已经堕落成亵渎神灵的淫荡之语，它总是被政治左右；但是，大众支持者强调公民有不可剥夺的权利，他们应该随时能够获取当前进行的最严肃思考的内容及其结论。

自从TAT被加入通用计算机系统之后，它的存在并没有经官方的公开文件确认。有的人甚至认为这样的功能是子虚乌有的。还有的人相信存在这样的功能但对它没有多少兴趣。绝大多数人都有熟人知道一些人曾经申请使用TAT或者有过申请的想法，不过似乎没有任何人认识真的提出过申请的人。愤世嫉俗者认为，你要申请必须携带一份医生证明、一份遗嘱和一份三名家属签署过的同意书；大众支持者则回答说在TAT前厅就可以领到标准的遗嘱表和自我证明单，不过你不能妄下结论。

有人在各种场合下肯定地指出，TAT查询有时会失控。他们说，TAT终端配备有一个药品供应机，不仅给提问者提供事实和意见，也提供休闲药、安眠药以及其他的安乐死药丸。他们还说，有一些身体状况极好的人曾经来到通用计算机系统大楼准备检索TAT，但后来再也没有人看见他们。

没有人敢肯定TAT到底知道些什么或者做了些什么。有的人认为它给你提供生活的选择，就像一个阅历丰富的职业规划导师一样；有的人认为它主要帮助人们作出生存性的抉择；还有的人认为它在某种程度上允许你能够无拘无束地行使自由意志——就像那些训练飞行员的模拟驾驶舱一样可以让你学会起飞和降落，而且，如果你愿意的话，还可以模拟坠机。有谣言说，支持采用TAT的资金来自九十年代支持安乐死实验的同一项目，但是没有人肯定这究竟是否属实。大多数人倒乐意接受这样的事实：如果人们需要，就让TAT存在。这就像板球的长时间停球，这更多是为了让守门员安心，并没有什么实际用途。

“像TAT一样口齿伶俐”一度成为一句人们耳熟能详的流行语，可是奇怪的是，没有人真的知道TAT怎样说话。所有人都同意，它的回答一定和通用计算机系统中的其他机器在措辞上有很大不同。有人说，政府已经招募了许多作家来为TAT专门设计一门语言，让这门语言既掷地有声又含混不清。有人说，TAT出口成章；也有人说，它说话像婴儿一样咿咿呀呀。

“我小的时候，”婕恩抽完她傍晚的香烟后对格雷格利说，“常常躺在床上问自己问题。我觉得那是某种祈祷：没有人鼓励我祈祷。我不知道这样延续了多长时间；我感觉仿佛我的整个童年时代都在这样做，但是，实际上可能只是一两年。”

“比如什么问题？”

“哦，我记不得所有问题了。我记得我很想知道是不是有三明治博物馆，如果有，在什么地方。我想知道为什么犹太人不喜欢打高尔夫。我想知道墨索里尼怎样判断局势。还有天堂是否顺着烟囱就可以找到。还有，为什么水貂有超常的求生本能。”

“你找到答案了吗？”

“我不知道。我不记得自己是真的找到了答案还是对这些问题不再感兴趣了。我猜，随着我年龄的增长，我意识到想象中的那个存在着收藏了维多利亚女王吃过的鸡蛋水芹三明治的博物馆的想法是个相当愚蠢的想法，我发现犹太人喜欢打高尔夫球，只是高尔夫球手们不喜欢犹太人。至于顺着烟囱就能找到天堂这个想法，我想，有的问题在你得到答案之前需要修正一下提问的方式。”她停顿了一下，看着格雷格利。“我从未找到为什么水貂有异乎寻常的求生本能的答案。我以前常常思考这个问题。我以前想，这或许就是为什么貂皮大衣非常昂贵的原因——因为貂皮来自一种极端不情愿放弃自己生命的动物。就好像矿物质之所以珍贵是因为它们很难提炼。你还记得水貂养殖场吗？”

格雷格利皱了皱眉头。他记不起了。在野生动物被重新放归荒野之前，过了太长时间，发生了太多太多的事情。

“我一直对水貂养殖场感到好奇。我的意思是，他们怎样杀掉它们。他们毕竟不想把皮毛毁掉。他们恐怕不愿意掐死这些动物。或许他们用毒气把这些动物毒死，就像对獾一样。”

格雷格利不知道。他甚至不记得用毒气毒死獾这种事。过去是多么的野蛮！没有一次生命的终结是温柔的，即便对獾来说也是这样。

第二天，在通用计算机大楼，他调用了自然历史博物馆专委会的数据库。

“水貂”，他用键盘敲出这两个字。

准备就绪。

“为什么水貂有极其强烈的求生欲？”

计算机停顿了一会儿，屏幕上闪现着绿色的小动画光标提示等待，几秒钟之后答案显示了出来：这不是一个现实的问题。

算了吧，格雷格利想道。这也太容易了。有的时候这个知识库吝啬得一毛不拔。不过，你还是偶尔能够通过提问来欺骗它。

“为什么水貂有极其强烈的求生欲？”

这不是一个现实的问题。

啊，好吧，又回到最根本的问题了。

“杀死水貂很困难吗？”

禁止屠杀野生动物法案……

格雷格利输入了中断信号。重新开始检索。

“水貂养殖场是什么时候被禁止的？”

1998。

“检索关于经营水貂养殖场的信息。”他等待了大约十秒钟。

准备就绪。

“水貂养殖场工人是怎样杀死水貂的？”

方法有很多种。首先是用毒药和毒气，有时用机械手段，也有用电击手段的。

格雷格利打了个寒战。荒蛮的过去。

“水貂的死亡过程很长吗？”

电击死亡需要2.3秒……

中断。

“水貂死亡的时候会奋力挣扎吗？”

是，需要例子吗？

格雷格利不需要举例。这就是通用计算机系统的一个问题：它储存着大量的信息，总是希望提供给你尽可能多的信息；就好像那种在聚会上让众人扫兴的家伙，他总是想把你拉到一旁，转移你的兴趣，然后向你吹嘘他是多么的博学。

“为什么？”

“什么为什么？请具体一些。”

“为什么水貂死亡的时候要奋力挣扎？”

这不是一个现实的问题。

混蛋，格雷格利心里骂道。混蛋。不过他继续检索下去，就像有强烈求生欲的水貂一样。

“为什么水貂死亡的时候比其他动物更加奋力挣扎？”

有争议。请参考C37。

格雷格利不抱多少希望地输入了C37。有争议是指全世界的专家对这个问题还没有达成一致。C37给他提供了一份当前进化理论的概述。概述的大致内容是水貂死亡时的本能性挣扎是它作为一个物种成功生存了这么长时间的原因之一。可是，这信息对他来说没有什么用处。

他决定不告诉婕恩杀死水貂的各种方法。并不是因为他觉得这会让婕恩难过，而是他不想重温一遍提问。

“我用通用计算机系统查询了‘为什么水貂有极其强烈的求生欲’。”

“是吗，亲爱的。你想得可真周到。”

“嗯，我想你应该想知道答案。”

“那你那个聪明的机器，是怎么说的？”婕恩用一种怀疑的态度等待着答案，她不相信计算机的知识。她承认，她已经太过时了，老掉了牙。

“计算机说这不是个现实的问题。”

婕恩笑了。在某种程度上，她非常满意。

“大约九十年前，”她说，“或者比这更早一点的时候，我问父亲现在几点钟。他告诉我三点钟。我问他为什么是三点钟，他给了我一模一样的回答。他把烟斗从嘴里抽出来，指着烟杆告诉我，‘婕恩，这不是一个现实的问题’。”

可是什么才是现实的问题呢？她想知道。现实的问题仅限于那些回答你问题的人已经知道答案的问题。如果她父亲或者通用计算机系统能够回答的话，这个检索就是一个现实的问题了；如果他们不能回答，这个检索就会被视作假问题。这太不公平了。因为这个问题属于那些不现实问题中的一个，属于你急切想知道答案的问题。九十年来，她一直想知道水貂这个问题的答案。他的父亲没能回答，迈克尔也没能回答，通用计算机系统回避这个问题。事情就是这样的。知识并没有真的进步，而只是呈现出进步的表象。严肃的问题总是无法得到解答。

“既然你在检索这个问题，亲爱的，你能不能查一下人死之后皮肤会怎么样？”

“别开玩笑了，母亲？”

“不，我是当真的。”婕恩发现她对那些自己以为早就忘掉的时光无法释怀：遥远的年代似乎比现在更容易记起。当然，这是正常的；不过，这也会带来出其不意的快感。格雷格利埋头组装着飞机——她现在还可以看到那幅画面。他用绵纸覆住巴沙木支架的表面。在纸上喷上水，等飞机干了之后会变紧。然后，他会给飞机上涂漆，飞机表面会再次松垮，起皱。然后当飞机慢慢地干燥，就会更结实、更紧。或许这一切也是皮肤所要经历的。开始的时候皮肤似乎很紧，然后随着你年龄的增长，它会松垮下来，产生皱纹，就好像你给它喷上了水，涂上了涂漆。或许，人死之后，皮肤会干枯，紧紧地张开覆盖在你的骨架上。或许，你死后会迎来最美丽的时刻，全身上下妥妥帖帖，干净利索。

“接着查，格雷格利。”

“不，我不要。这太阴暗了。”

“当然是了。”她打赌她是对的。当人们从泥沼里挖出尸体的时候，它们的皮肤不正是干燥、紧绷着的吗？尸体上的皱纹已经消失，好像死亡真的能够把一切忧虑赶走。“好吧，不过或许你能查一下林德伯格的三明治怎么样了。”

“三明治？”

“是的，林德伯格，他是一个早于你的时代的人物，独自一人飞越大西洋，带着五块三明治，嗯，只吃了一块半。我一辈子一直想知道后来到底发生了什么。”

“我会看看通用计算机系统是否管用。”真的，有的时候……

“没准它没啥用。我不看好你们用的那些吞吞吐吐的机器。”

“你甚至都没有接触过它，妈妈。”

“是的，但是我可以想象。我还是一个年轻女孩的时候见过类似的人。他被叫作记忆人，常常在展览会上或其他类似场合出现。你可以问他任何老掉牙的无聊问题——比如某场足球比赛的比分——他会毫不费力地告诉你答案。但你要是问他一些有用的问题，就得不到任何答案。”

“你有没有问过他问题呢？”

“没有，但是我可以想象到。”

※※※

人们是怎样死去的？格雷格利调出了名人的临终遗言数据库。国王似乎有两种死亡方式，他们要么在刺客的刀挥落时高喊“恶棍，恶棍”，要么只是调整一下他们的贴腿裤，安逸地等待下一个王朝登场，这个王朝和他的王朝很相似，只有略微的差别——微不足道的差别——它只是更加宏伟而已。教士们死去时会斜着眼——一只眼百纵千随地往下看，另一只眼则满怀希望地仰望高空。作家死亡的时候嘴里还在不停地嘟囔着，他们仍然希望能够被人们记住，但仍然不能确信他们最后写下的字是否会流芳千古。曾经有一个美国诗人，是个女诗人，她临终的最后遗言是："雾升起来了，我必须进去了。"这一切都不错，格雷格利心想，只是你必须确保能把握好时机。你不能拿出你精心写好的道别词宣讲后接着活下去，否则你最后留下的遗言就可能是"再给我拿一个热水瓶来"。

关于这一点，艺术家们似乎做得比作家好，他们更讲求实际。他特别赞赏一个法国油画家谦逊的遗愿："我衷心祝愿在天堂里可以继续画画。"或者说，或许在死亡方面外国人比盎格鲁－撒克逊人做得好。曾经有人劝说一个意大利油画家接受牧师的祷告，他回答说："不，我很好奇，想知道那些没有经过忏悔和赦免的人在另一个世界会怎么样？"一个瑞士医生死亡的时候把着自己的脉对服侍在一旁的同事说："我的朋友，动脉开始停止跳动了。"像这样职业的死亡让格雷格利忍俊不禁。他喜欢的一个法国语法学家曾这样宣布："我将要死去，或正在死去：人人都这么说。"

这样的死是理想的死吗？理想的死是否就是一个行将殁世的具有性格的生命一直将他的性格维持到最后？躺在病床上的作曲家拉莫还在抱怨一个牧师弹错音符；画家华多拒绝被赠予十字架，因为艺术家对耶稣的再现是不合格的。理想的死是不是意味着生命的价值被贸然抬高一点，因而对死亡的恐惧也就被夸大了？理想的死是不是一种不让哀悼者受悲伤侵扰的死？理想的死是不是一种让在世的人有所思考的死？格雷格利想到了一个美国作家在弥留之际的话，不禁笑了起来。"答案是什么？"在他没有得到回答时，他继续说，"那样的话，问题是什么？"

或者说，或许他们死去的原因影响了死去的方式。直接点上面的选项，格雷格利一边想一边键入了“读取美国总统的信息”。屏幕上出现了一个列表，一个闪动的圈表明数据库中有更详细的材料可以继续点击获取。总统的姓名只列到格罗弗·克利夫兰，不过格雷格利觉得这大概也就够了。他用键盘在搜索框中敲入了“死因”两个字，面对22个总统的名字沉思了一阵子。有的名字他依稀记得，有的名字更像玉米商、干货商和药剂师。还有的名字像街角商店名，让人联想起偏狭、敦朴的小镇人。富兰克林·皮尔斯、米勒德·菲尔莫尔、约翰·泰勒、拉瑟福德·B. 海斯……就连美国人自己也不愿有这样的名字。格雷格利油然升起一种恋旧的伤感——不是让你回想起自己童年的那种日常的伤感，而是更强烈、更纯粹的、将你与一个你可能根本无法知道的时代分离开来的伤感。

当然，他意识到，来自艾奥瓦州的某些条播机经销商可能和入主白宫的著名罪犯一样奸诈、无能。但这不能成为他取消检索的理由。他把闪动的绿色光标在列表上往下移动，直到它停止在富兰克林·皮尔斯的首字母“F”上，然后按下了“继续”的按钮。

1869年10月8日，腹水肿。

呵。他又把光标向上移到了托马斯·杰斐逊。

1826年7月4日，慢性腹泻。

拉瑟福德·B. 海斯。

1893年1月17日，心脏停搏。

这些医学诊断散发出遥远时代的魅力，它们是那个时代的讳语，代表了西部边疆开发时代人们尚不能理解的病因。通用计算机系统的这一部分数据库很可能已经好几年没有更新。格雷格利很赞同这样的做法：你的死因必须用你所在时代的语言来书写。因为这在某种程度上是适宜的。

扎卡里·泰勒，霍乱，在喝完冰水和冰牛奶之后立即大量食入樱桃而死。尤利西斯·辛普森·格兰特，舌癌。这个似乎说在点子上了。格雷格利安静地点击着鼠标读完了名单。布赖特氏病、身体衰竭、枪击、枪击、水肿、哮喘、霍乱、风湿性痛风、健康衰竭、老死。

这个列表让格雷格利产生一种越来越强烈的嫉妒。这都是些多么丰富而浪漫的死亡方式啊。如今你死亡的唯一方式是安乐死、老死或者死于某种正在走向灭绝的古老疾病。水肿……哮喘……霍乱……有这么多可能摆在面前，看上去似乎有无限的自由。格雷格利在拉瑟福德·B. 海斯的信息上面停了下来。心脏停搏。你可能遭受了和其他病一样大的痛苦和恐惧，但是对你的描述仅此而已。他死于心脏停搏，格雷格利轻声自语道。或许卡萨诺瓦也死于这个病。这让他特别想杜撰至少一种死因，让他的这一时代感到惊讶的死因。20世纪80年代，人们发现了一种新的病症，他突然记起来了；病症的名称叫20世纪过敏症。病人——尽管数目很小，但却广受瞩目——他们遭受着对现代生活每个方面的慢性反应的折磨。他们或许也是这样对19世纪作出反应的，但是他们的病被赋予了一个响亮而芬芳的名称，就像脑热病一样。20世纪是一个自我怀疑的时代，这种病却被称为对这个时代本身的敏感。格雷格利希望他能够造出和它一样具有独创性的病。在与世辞别之时，身子颤抖着做出最后的创举。他忘记了自己为什么要查询历任总统的死因。他查询了卡萨诺瓦的死因：不，不是心脏停搏，而是老死的。

"我想，人们感到欣慰的是，"一天晚上，格雷格利对母亲说，"死亡不可能一直持续。"

"噢，不。死亡不会一直持续的。它会结束。它的意义就在此，不是吗？"

"啊，不。我是说对死亡的思索，而不是实际的持续。在我查询其他问题的时候，通用计算机系统回答了一段不错的话。那段话的大意就是，你不可能在凝视太阳或直视死亡时而不眨一下眼。"

婕恩·萨金特笑了笑，那种笑对她儿子来说似乎不啻洋洋自得。不，或许这样说不正确——不管怎么说，她从来不喜欢假装聪明；或许她只是记起了什么事。格雷格利看着她，她慢慢地闭上了眼睛，仿佛黑暗能够帮助她更清晰地看到过去。当她的眼睑最终合上时，她开始说话。

"你能够凝视太阳。在你出生二十年前，我认识某个人，他就能凝视太阳。"

"通过涂黑的镜片？"

"不。"她慢慢地说，依然闭着眼，把左手放到面前然后缓缓错开手指。"他是个飞行员。他必须了解太阳。过一段时间你就会习惯太阳的。你只要透过张开的指缝看它，然后你就会做到。你可以凝视着太阳，想看多久就看多久。"或许，她想，或许过一段时间你就开始在指间长出蹼来。

"这还真需要两下子，"格雷格利说，"不过我猜你想不想学还不一定呢。"

婕恩睁开双眼看着她的手。她有点惊讶，也有点警觉。她已经忘记了这三十年来她的指关节肿胀了多少。用榛果穿起来的几截绳子，这就是她的手指现在的模样。那嶙峋的关节意味着当她试着缓缓叉开手指的时候——轻轻地打开前缘缝翼，感觉就像打开百叶窗一样——手指会立刻透进几缕刺眼的阳光。她没法做到日出普罗瑟那样。她太老了，指缝间会漏进太多的阳光。

“你有没有觉得，”格雷格利紧张兮兮地问道，“没有必要为此焦虑万分？”

“为此？”

“为此。上帝，信仰，宗教，死亡。”

“天堂。”

“可是……”

“不，天堂，你说的是这个吧。所有人说的都是这个。让我升到天堂吧。天堂的门票多少钱？弱智的问题。不管怎么说，我曾经去过天堂。”

“？”

“天堂，我曾经去过天堂。”

“天堂是什么样子？”

“灰尘满天。”

格雷格利笑了。很明显，母亲的话越来越神秘费解了。不认识她的人还以为她在走神；不过格雷格利知道，她总是有所指的，而且对她来说是有意义的。或许解释起来需要很长时间。格雷格利想知道是不是一个人老了就是这样子：你所说的一切都需要上下文。如果你给出完整的上下文，人们就会觉得你是个喋喋不休的老家伙。如果你不给出上下文，人们就会觉得你是个阴郁不合群的老东西。上了岁数的人就像幼儿一样需要翻译。当老年人失去他们的伴侣，他们就失去了他们的翻译——他们失去了爱，也失去了表达话语的一切能力。

婕恩此刻正在回想她到天堂访问的那一次。到北京天坛[1]去，人们都这样说。至少他们还没有给“天堂”改名字。六月里一个干燥的早晨，沙尘从戈壁里刮来，一个女人正带着孩子骑自行车。孩子的头被棉纱裹起来以使他不受到沙尘的侵袭。孩子看起来像一个小小的养蜂人。

天坛的沙尘一圈圈打着旋儿肆意地四处飞扬。她曾经目睹一个中国老人的背影。蓝色的帽子、布满皱纹的脖子、到处是褶皱的紧身短上衣。他像乌龟一样伸着脖子，探出脑袋，沿着回音壁的曲线四处张望。那老头正在试图倾听一场他可能听不懂的谈话。或许那对话对他来说很动听，那声音超然一切。但是，婕恩把耳朵贴在墙上，立刻心领神会——他们在侮辱死去的皇帝，然后就是打情骂俏。除此之外，她没有听到别的。这就是你能听到的一切。

当然，婕恩知道格雷格利在做什么。他正在叮叮当当地抖动口袋里的硬币。他正在对天空大喊，他正在掩饰他的惊慌——这是一个成年人掩饰内心的一种方法，而在大约一个世纪之前，她和莱斯利舅舅在第14号狗腿洞外面那片散发着草木清香的山毛榉树林后早已经这么做过了。他们把头向后仰起，对着空荡荡的天空高声喊叫。他们知道，无论你如何喊叫，头顶上没有一个人能听到你。然后你筋疲力尽地垂下头，想象自己刚才的样子，感到一点点满足——即便没有人在听你呼喊，你已经传达了某种意图。这就是格雷格利正在做的。他正在传达自己的意图。她只是希望在他垂下头的时候不会

1 天坛公园的英文名为“Temple of Heaven”，直译可理解为坐落于天堂的庙宇。

伤到自己。格雷格利开始无所事事地测试通用计算机系统如何回答关于自杀的问题。他小心翼翼地提问——你不知道当你的输入误入歧途，涉及某些话题的时候，是不是会有一个自动操作员打断你。谁都不知道是不是会有一箱快乐丸从一个秘密的供应机里掉落到他的怀里，或者第二天早上会不会收到一张度假营地的优惠券。

通用计算机系统一个暗藏杀机的魅力在于，世界上的一切都可以被调用出来；如果你不小心的话，没过多久它就会把一个认真严肃、求知若渴的检索者变成一个嘴巴上贴胶带的浏览者。格雷格利发现，他的注意力很快被关于自杀的秘密所转移。比如，他看着巴杰尔先生著名的模仿自杀的信息沉思了良久，巴杰尔在表演完艾迪生的喜剧《卡托》之后就纵身跳进了泰晤士河，并留下了这样的话为自己的行为辩解：

> 卡托的所作所为，艾迪生的首肯，
> 都不会错。

格雷格利调出了这场戏剧的简介，并为巴杰尔先生感到惋惜。卡托的自杀是对独裁的反抗和对英国同胞的谴责，而可怜的巴杰尔先生呢——没有人为他的离世感到一丝自责。

比巴杰尔的死稍有说服力的是罗贝克——这位瑞典教授写了一篇长文呼吁读者自杀，然后把它放在海上的一艘敞篷船里以实践他的理论。格雷格利试图从通用计算机系统中查出罗贝克的书卖出了多少本，造成了多少人自杀，可是系统中没有统计数据。他接着往下读，看到了一些日本泛神论者，他们口袋里装满石头，面对着满怀钦羡的亲友跳入大海；他看到一些从西非贩来的奴隶，他们杀死自己，相信这样也许灵魂就能回到家乡重生；他看到澳大利亚土著自相残杀，他们相信这会加速他们皮肤色素沉淀的转变——他们相信一个黑皮肤的人死去后他的灵魂会重生并变成白色。“黑伙计倒下，白伙计复活。”他们这样解释。十八世纪的时候，法国人把英国视为自杀的起源地——小说家普雷沃把英国人对这种死亡方式的青睐归结为无处不在的煤火、对半生不熟牛肉的消费以及性放纵。斯达尔夫人对人们在拥有广泛个人自由和普遍宗教信仰的背景下仍然大规模流行自戕表示惊讶。还有的人，比如孟德斯鸠，认为导致这种全国性的冲动的罪魁祸首是气候。但是斯达尔夫人不这样认为。她发现，在英国人著名的保守性格表面之下，隐藏着炽烈、冲动的本质，一旦受到失望和厌倦的侵扰，他们就会蠢蠢欲动。

这种极端勇气的荣誉居然被赋予他的英国同胞，这让格雷格利感到一种爱国的自豪，尽管这不是被科学证实的。他转向检索古代人的自杀。毕达哥拉斯、柏拉图和西塞罗都曾赞成过自杀；斯多葛派和伊壁鸠鲁派哲学家肯定了自杀的道德功用。格雷格利调出了一大堆著名的希腊和罗马自杀者的名单。毕达哥拉斯因为生命百无聊赖而选择饿死。梅尼普斯因为囊空如洗而选择自缢。利坎布斯因为别人的揶揄而上吊自杀。拉比埃努斯因为自己的书受到谴责并被焚毁而把自己垒在墙内自杀。泽莫纳克斯在面临“因年老而失去影响的”风险时选择饿死。斯蒂尔芬不知什么原因中毒而死（他出现在列表中是何用意？）。塞内卡放血自杀的目的是为了避免被尼禄陷害。芝诺在一根手指骨折后上吊自杀。等等。妻子们因为家庭纠纷吞下燃烧着的煤炭自杀，或丈夫被流放时她们用刀子割断血管自杀。

古代人已经解决了自杀的问题。哲学家赞同在个人荣誉受辱、政治或军事失败或者身患重疾时自杀。但是格雷格利很健康，他不可能成为军队或政府的领袖，而荣誉则是一个大多数人必须在字典里查询的词汇。他注意到，没有一个古代哲学家认为自杀本身是好的。只有那个划着小船来到海面上自杀的瑞典人觉得自杀本质上是美好的。

他正准备键入保存然后退出，这时他想到了最后一个问题，一个他早就应该问的问题。可是怎么说呢？

“谁在操控你？”

请重复。

“谁在操控你？”

请修改问题。

“你是怎么运行的？”

通用计算机系统在1988年多诺万委员会报告发布后首次被采纳使用。初始数据库安装了84系列处理器……

中断。“你能向自己提问吗？”

大脑能和自己说话吗？请回答。

格雷格利停顿了一会儿。他不敢肯定。他同样对计算机尖锐的口吻感到惊讶。

“是的。”

你确信吗？建议重新考虑这个问题。

“是的。”

你确信吗？建议重新考虑这个问题，格雷格利。

喂，那是我的名字，他想。然后，他明白了答案是什么，便接着问道："是谁在控制输入？"

详见清单。

他的理解是：他需要参看官方手册。

"是谁在控制输出？"

请重复问题。

"是谁在控制输出？"

输入控制输出。

"谁是输入者？"

输入者是用户。

"有没有输出修改者？"

请解释问题。

"在通用计算机系统中央数据库和用户之间有没有介入的设备？"

请修改问题。

啊，老天，格雷格利心想。通用计算机系统总是有办法把你当小孩或者外国人。修改。解释。它是这么情绪化，这么任性。至少，它给人的感觉就是如此，尽管他知道这只是因为他偏离正确的输入规范太多而造成的。即便如此，它还是惹人恼火。如果利坎布斯因为别人的揶揄而上吊自杀，芝诺在一根手指骨折后上吊自杀的话，那么格雷格利感到奇异的是，至今仍未见有人因为通用计算机系统造成的烦恼而自杀。

"在输出路径上有没有输入设备？"

你指的是紧急情况下的输入吗？请放心，自从2007年……

再次中断。

“在输出路径上有没有人工操作的输入设备？”

这不是一个现实的问题。

“为什么？”

这不是一个现实的问题。

格雷格利哼了一声，保存了资料然后退出了系统。

此后不久，34号和35号操作员离开了数据中心，他们穿过停车场在凉风习习的夜空下朝家走去。在通用计算机系统中心工作很有意思，但是用户的穷追不舍有的时候的确令人恼火。不过总的来说，在一天结束之后，呼吸一口新鲜的空气，看人们投来钦羡的目光，这通常也会让人感到欣慰。

“他是个倔驴子，不是吗？”

“是的，倔驴子。”

“非常聪明。”

“A3级的倔驴子。”

“不是A2？”语气中满怀期待。

“不，绝对够不上。A3以下，我想。”

“嗯。你觉得他会试一试TAT吗？”

“我早就这样想过。他也许会的。”

“不过，A3通常不会去试，对吧？你告诉我通常是A2级别中的最高等级或以上或者低于C3的才会去试。”

“他是个倔驴子。早有倔驴子干过这个的。”

“他有足够的勇气吗？”

“做个倔驴子本身就需要勇气，你不觉得吗？”

“我猜是吧。我觉得他还不错。”

“这不是一个现实的回答。”

“我知道。我只是想，我不介意和他一起回家。”

“请重复问题。”

“我不介意和他一起回家。”

“请修改问题。”

其中一个人咯咯笑了起来，另一个脸涨得通红，接着又是一阵咯咯的笑声。

“违规，不具有真实的可能性。”

“你觉得他们会改变规则吗？”

“不具有真实的可能性，和我一起回家吧。”

“不具有真实的可能性，犯规。”

“可能性均等。”

“违反了我的规定，记忆留存，退出系统。”

“晚安。”

※※※

但是，或许他把关于上帝的问题看成一个选择这是错误的。上帝是存在的（因此我必须信奉他），上帝是不存在的（因此我必须向世人揭露他不存在）。他错误地以为一个问题只有一个回答。这种思维局限性太大了，他怎么知道他的回答是正确的？有人在某个地方这样说：问题不在于最后得到的答案是什么，而在问题本身。

1.一定还有其他更多的可能，格雷格利想。更多的可能。上帝存在。

2.上帝不存在。

3.上帝曾经存在过，但现在不存在。

4.上帝存在，但他已经放弃了我们。(a)因为我们让他大失所望。(b)因为他是个混蛋，动不动就厌倦了一切。

5.上帝存在，但是它的本质和动机是我们不可理解的。毕竟，如果我们能够理解，并且能够根据我们的道德标准来解答，那么他很显然是一个混蛋。但是如果我们不能理解，那一定是他决定了我们无法理解他，是他决定了让我们遭受邪恶的困惑（打个比方）。是他自己选择看起来像个混蛋。这是不是让他不仅是个混蛋，而且是个神经病？无论哪种情况，难道不是由他主宰一切，不是由他肇始一切的吗？

6.只有有人信仰，上帝才会存在。为什么不是呢？如果没有人信仰他，上帝的存在就会毫无意义，因此他的存在与否取决于是否有人仍然信仰他。他的存在取决于我们对他的需要，或许他的力量有多大也取决于我们对他的信仰程度。信仰就像煤炭——我们烧煤的时候上帝的力量就产生了。

7.上帝并没有创造人和宇宙——他只是继承了它们。或许他只是躲在澳大利亚某个像天堂一样的角落悄悄地牧羊，然后某个稚嫩的地方报社记者一路气喘吁吁地追踪到了他，并向我们解释，由于某个宗族血缘骗局（表面婚姻、未婚先孕等鬼把戏）的成功，他已经成为地球及地球上一切事物的继承者。他既不能失去飞行的本领，也不能拒绝继承权。

8.上帝曾经存在，但现在不存在，不过将来还会存在。他现在只不过是在度假。这个理由可以解释许多疑问。

9.到目前为止上帝还没有存在过，但将来会存在的。他会在某个时刻出现并收走我们的垃圾，修剪好公共花园里的草，让我们的小区焕然一新。上帝是在锈迹斑斑的锅炉房里的维修工，他穿着工作服，有许多星球事务要打点，忙得不可开交。我们应该考虑给他增加一点工酬，和他签署一份长期维修合同，而不是像我们现在这样让他随叫随到。

10.上帝和人并不是我们一般想象中两个不同的实体，他们有更紧密的联系——打个比方，上帝并不只是一个困在被遗弃的躯壳里的灵魂。或许他们的关系就像两人三足比赛的孩子一样。

11.人实际上就是上帝，上帝实际上就是人。但是本体论的某面镜子欺骗了我们的眼睛，使我们没法看清事物的本质。如果是这样的话，是谁在用那面镜子耍花招?

12.世界上有许多上帝，这可以解释许多疑惑。（a）这些上帝相互争吵不休，没有人真正负责。（b）他们可能被过度的民主麻痹了，就像联合国那样；每一个上帝都拥有否决权，因此没有任何议案能够通过安理会决议。怪不得我们这个星球混乱不堪。（c）责任的细化削弱了他们的力量，分散了他们的精力。他们或许能够看出哪里出了问题，但是他们却无能为力。或许这些上帝心地善良，只是手无寸权，或许他们只能像闺房里的众妻妾一样袖手旁观。

13.上帝是存在的，而且也曾创造了世界，但是我们的世界只是一个设计样品——换句话说，是一件搞砸了的设计作品。创造世界毕竟是一件相当复杂的工程：你能够期待上帝一开始就把握正确方向吗？在试验的过程中，总是会出现一些小困难——疾病、蚊子等类似问题。上帝创造了我们，却转去关照宇宙的另一端，那里的下水道状况更佳，事态不那么棘手。当然，他或许会把第一次试验的样品给毁掉，把它揉成一团球，当作彗星用指头弹到外层空间。但是，他没有这样做，这体现了他的宽宏大度。当然，他会确保不让问题一直悬而未决——他临时解决了问题，但没多久地球就会撞上太阳烧个精光——不过他不会反对我们拥有临时占据这个地盘的权利。接着待下去吧，千年也只是转瞬而已，上帝说道，对我没有什么用处。或许他会偶尔串访我们，确保事态还没有恶化。上帝是一个杂技师，手上转动着无数的碟子。我们是他的第一个碟子，所以我们常常被忽略。我们在竿子上晃来晃去，摇摇欲坠；观众们为我们担心，但是神灵的手指总是在恰当的时刻给我们的星球一点助力，让它再继续旋转下去。

14.我们都是同一个上帝身上的碎片，他在时间开始的时候已经摧毁了自我。他为什么这样做呢？或许他只是不想活下去了：他是一个来自瑞典的上帝，一个叫罗贝克的上帝。这或许可以解释不少疑惑，或许可以解释一切——宇宙的不完美、我们在宇宙中的孤独感、我们对信仰的渴望——甚至包括我们的自杀冲动。如果我们是一个自我戕害的上帝的碎片的话，那么我们有自杀的意向就不足为怪了，这甚至是神圣的。早期基督教殉道者（那些兴冲冲准备以死殉道的人却让他们显得像趋之若鹜的追求私利者，他们只是在寻求早日在天堂占得一席之地）或许事实上就是地地道道的笃信自杀的人。有一种说法甚至绘声绘色地声称基督就是一个自杀者，他们的根据是，基督让他的生命离开身体，而生命就离开了。或许这些异端邪说都是正确的：基督只是在效仿他的圣父而已。

格雷格利反复地掂量这样的可能性，直到他殚精竭虑。他睡了一会儿，醒来的时候发现了下面的故事。上帝是存在的，而且一直存在；他是全知全能的；人具有自由意志，但如果把这自由意志用来作恶就要受到惩罚；我们不能期待在这尘世短暂生存的时间中就能够理解上帝工作的方式；我们能够认识他，爱他，让他的光辉照耀我们的一生，听从他，让他享有荣光，这就足够了。还有那个古老的故事，也就是第一个故事，格雷格利不知不觉地进入了故事之中。一件舒适的夹克、一张用了很久而适应了你的体形的扶手椅、一把老锯条上的木把手、一首和谐动听的爵士小曲、一串和你鞋子形状一样的沙滩脚印。这好多了，格雷格利想，这感觉很不错；然后，他不自然地笑了起来。

谁知道勇敢是什么？人们常说——尤其是那些从未目睹战场的人——在战场上，最勇敢的人就是最不具想象力的人。这是真的吗？如果这是真的，那么这会不会让人丧失勇气？如果因为你能够预先想象出屠戮和死伤的场面并且把这个场面搁在脑后，你是更勇敢的；那么，那些想象力最丰富的人，那些能够预先召唤自己的恐惧和痛苦的人，就是最勇敢的人。但是，那些具有这样的能力的人，他们能够以三维图像的形式预见到未来死亡的人却被称为懦夫。那么，是不是最勇敢的人只是失败的懦夫，是没有胆量逃跑的懦夫？

信仰上帝是不是勇敢？格雷格利想。嗯，在低层次上讲，这可能是一种勇敢，因为如今很少有人相信上帝的存在，因此，在面对冷酷无情的时候能够坚定不移、忠贞不渝地守住信仰，这就是一种勇敢。在高层次上讲，这是一种勇敢，因为你把自己拔高到了上帝造物的地位；你把自己设想成一种比泥土更高级的东西——这是需要胆量的。或许你还容许自己有面对最终审判的可能性——你是不是有足够的胆量这样想呢？当你说你相信上帝的时候，你只是在课堂上举手的那个孩子。你让众人的目光聚集到你身上，你承受一场公众的审判。是对还是错。想想那个时刻吧。想想那种恐惧吧。

不信仰上帝是不是更加勇敢？同样，在低层次上讲，这需要某种战术上的勇气。你告诉上帝他不存在——可是万一他存在呢？如果他现身在你面前，你能够应付得了那个时刻吗？想一想你羞愧无比的心情。想一想你颜面尽失的时刻。在高层次上讲，你是在肯定地宣布自己的不存在。我终结了。我不再继续了。你甚至不给自己一次公平的机会。面对死亡你心满意足；你拒绝挑战它对你洋洋自得的统治。你躺在床上伸展开身体，胸有成竹，认为你已经理解了生命这个问题；你大胆地宣布你准备好面对虚无了。想一想那个时刻吧。想一想恐惧吧。

有人相信笑是一种勇敢的表现。战胜死亡的方法就是嘲笑它——在它妄自尊大的那一刻拒绝承认它就意味着你消除了对它的恐惧。只需要一个笑话，我们就可以让永恒崩溃。害怕了吗？我可不害怕。永恒的生命？有没有它随便，我可不在乎。上帝存在吗？再吃一块猪肉馅饼吧。格雷格利年轻的时候，曾经痴迷于对宇宙这般轻蔑地谈笑风生；可是他现在不再这样了。我们都害怕死亡；我们都希望能进入某种永生系统，即使我们只在生命的开端才能得到这样的许可。六千年的余生，不管你是脱手抛售还是坐收其利，都没有最终购入的必要——这个优惠券对我们所有人有效。因此，格雷格利拒绝加入嘲笑死亡的人群。嘲笑死亡就像在高尔夫球场旁没腰高的蕨草丛中尿尿一样。你看到水汽升起，你告诉自己，要相信这只是热气而已。

15.格雷格利想。上帝不存在，但是存在永生。这将会是一个有趣的信仰系统。毕竟，在技术上，我们不是想两者兼得吗？我们可以不需要上帝的帮助来安排永生，不是吗？如果放开孩子，让他们独立，他们就会发明出各种游戏和规则。同样我们当然也可以独立掌管世间的一切。从当前的记录来看，我们做的或许还没有那么好，但是，在我们所拥有的短暂的地球生命历程中，我们黾勉不辍换得的条件已经几近完美。我的意思是，万事开始时总会伴有无知，我们总需要不断改善我们的物质条件，但是天公总会有肆虐之时，正当我们的国王和智者们即将实现天下大治之时，那个非常非常不公平的、名叫死亡的反攻手出现了，他横扫一切敌人。一批崭新的国王和智者不得不从头再来。这样看来，我们常常每前进两步就倒退一步，这实在不足为奇。但是，如果我们拥有永生的话……不知道我们会取得多么宏伟的进步。

“我给你看样东西。”婕恩说。她拿出了一根香烟，点着了它，然后开始抽起来。

一两分钟之后，格雷格利说道：“什么东西？”

“等着瞧。”

她抽烟的时候他一直等着。她香烟上的烟灰慢慢变长但是并没有掉落下来。一开始他感到迷惑不解，于是认真观察，最后，他笑了起来，说道："我还不知道你是一个魔术师。"

"噢，我们把这叫作变戏法，"婕恩说着放下了堆积起来的烟柱，"莱斯利舅舅教给我这招。他死前不久才告诉我其中的秘密。你只需要在香烟的中间穿一根针就可以了。非常容易。"

躺在床上的时候，格雷格利开始思考母亲的戏法。她以前从来没有表演过。她是不是想给他传达什么信息？她的心思开始越来越难琢磨。或许香烟中的那根针指的是身体里的灵魂，或其他类似的东西。可是他的母亲并不相信这些；她曾经给他讲过一篇中国古代哲人写的名为《神灭论》的文章，并表示赞赏。或许她想说的是香烟里的那根针就像灵魂在身体中的状态——即这只不过是一个骗人的把戏——一个让我们万众瞩目但到头来也只不过是个普普通通的魔术而已的把戏。他本可以问她这么做用意何在，但是她却变得越来越沉默，只要她不愿意，就选择不回答问题。她经常只是微微笑着，他不知道她只是一个聪明的沉默不言的老太太，还是她根本没有在意问题是什么。

※※※

在天坛，通过那个中国人的耳朵，你可以听到西方人轻柔的窃窃私语。他们在说什么？他们在说什么？

一天上午，阴沉的天空低垂着，平覆在城市上空，如同一个平底锅锅盖。格雷格利来到TAT。他带来一份医生证明和婕恩签字的家属同意书。一个穿着蓝绿色制服，别着正装领针的女接待员给了他一张遗嘱申请表，并告诉他怎样使用自我证明机。她自信地微笑着说：“这东西没看上去那么差。”

格雷格利对她感到有些厌烦。他不想有人告诉他一切正常，没有什么可担心的。他想让一切都变得正式些，想让事情显得肃穆、庄重些，想让恐惧的来临自由些。他觉得他们应当吩咐他用个大手提包装上所有到这儿来需要的临时物品。他觉得他们应当吩咐他在门口摘掉领带，抽去鞋带。看在上帝的分上，你一辈子来TAT只一次，他们为什么不能把它办得更具有仪式感呢？

格雷格利对政治毫无兴趣。在他看来，英国的历史就是高压统治和无政府状态之间神经错乱地相互更迭；那些后人称颂的稳定时期只不过是偶然的片刻平衡——高压统治和无政府混乱只不过在这一片刻间暂时满足了自己的胃口。当局势变得暴戾的时候，统治者们称自己为集中决策，当局势涣散的时候，他们称这是民主。看看婚姻的发展史就知道了。他从来没有结过婚，但是他对别人的所作所为感到惊惧万分。结婚如同儿戏，也不需要理由，就像路上开车搭载个顺路的客人一样。这就是经过民主认可的婚姻。某个政府官员会像面包店的送货员一样上门来，小心翼翼地敲着后门低声说：“你们两人决定结婚，这一切合情合理，你们知道的。另一方面，如果你们不愿意结婚，一切也合情合理。”如此一来没有人会感受到承诺的压力和使命的庄重。

好吧，或许他只是年纪大了。如果这正是他们所想要的——正如计算机投票结果确认的那样——那么，他觉得，就应该让他们得到这个。即便如此，他觉得，TAT业务也应当稍微别开生面一些，稍微庄严肃穆一些。他现在感觉和平时走进医院没什么区别。

接待员把他的三张表格扔到办公桌上——其中一张飘到了地板上，但是她没有去捡——带领他穿过一条浅黄色的走廊。地毯的颜色和接待员身穿的制服一样，两侧的墙上挂着报纸上最初介绍TAT诞生的卡通漫画。在格雷格利走马观花地浏览这些漫画时，他觉得TAT大楼被分别画成了一台绞肉机、一家精神病院、一座火葬场和一间国家视频会客大厅。他不以为然地叹了口气——这地方已经俗不可耐了，为什么还要展出一堆花里胡哨的图片与之相配呢？

他被留在了一个小方间里，小方间除了蓝绿色看起来和其他通用计算机系统的小方间没什么差别。他希望能看到一个快乐丸供应机，或者一个窥视孔，或者一座双面镜，或者任何东西也行。但是这个房间看起来普普通通，甚至有点破旧，TAT终端和通用计算机系统的输入没有任何差别。他身旁没有任何人陪伴，没有任何人陪护，也没有人告诉他该如何做。他似乎自由了，可以为所欲为了；但是在门的内侧而不是外侧有一把锁。那种种传说——TAT咨询者就像实验室动物一样被绑在沙发上，给他们强行喂食真理，直到他们全部呕吐出来——都是从哪里开始的？

格雷格利输入了他的社保号和通用计算机系统编码，然后等待指令。令人意想不到的漫长的一分钟过去了，屏幕上出现了“就绪”两个字，绿色的光标开始闪烁。他不知道该怎么开始。那令人昏昏欲睡的钻石形光标不停地闪烁着，就像手术监测显示器上的光点一样——只要光点还在闪烁就意味着他还活着……接着，它变成了雷达监视屏上的一个光点——只要它还在闪烁就意味着他的飞机没有失踪……接着，它变成了自控灯塔上的一个光点——注意暗礁，注意暗礁……他按下了输入按钮，但继续盯着绿色的钻石发呆。或许这个光标的设计目的就是产生催眠效果。不，这有些太妄想狂了。

让他吃惊的是，几分钟的沉默之后，输入被输出覆盖了。一行行字母从屏幕的边缘滚动出来。

你为什么不告诉我一切呢？

格雷格利这时已打算起身离开了。很显然，他一直期待TAT能具备某种精神治疗功能，但再也没有比这个系统更愚蠢的了。真是让人大失所望。他怀疑分配给他使用的机器是不是一件古董——比如一台世纪末的精神治疗计算机。现在，他还不如坐下来和一个保守落伍的人交谈。

不过，还有其他的可能。这第一个问题有可能具有某种特定的功能。它有可能是个让人放松的笑话（计算机不会幽默这一说法早已被人推翻），或者是一种刺激，其设计目的就是让他不假思索地脱口说出他最想说的话，或许还能让他说出深藏心底的话。不过，这问题也有可能就像一个随机选择的开盘让棋局。他曾经在70年代末玩过这样的电子象棋游戏——你可以以国王身边的兵开局，然后得到几种可能的回应。格雷格利认为和TAT怄气太傻，便按他的计划直接回答了问题（现在屏幕上显示的是提示符）。

“我害怕死。”

请具体说明。

嗯，至少它的回答不是“难道我们不都害怕死吗？”，然后给你一个维也纳人一样的笑容。

“在哪一方面具体说明？”如果要让他具体说明，他也要坚持让TAT再具体一些。

“什么时间？多久？从什么时候开始的？具体描述你的恐惧。”

格雷格利小心翼翼地键入了他的回答，并在每个回答间留下足够的空隙，尽管他知道这样做对机器的理解无济于事。

1.下午晚些时候，傍晚时分，以及躺在床上的时候；开车上山的时候；体育锻炼结束的时候；在听某种爵士乐的时候；做爱的时候；观看星星的时候；回想童年的时候；看到别人手里握着快乐丸的时候；想到死人的时候；想到活人的时候。

2.我生命中的每一天。

3.或许十年前就开始出现上述的状态。在此之前，作为一个少年，也同样害怕死亡，同样的频率，但是想象内容没有这么具体。

4.这是一种身体上的恐惧、自怜、愤怒和失望的结合。

让你恐惧的是死亡还是被人遗忘？

“都是。”

哪个多些？

“我分不清楚这两种感觉。”

可是每个人都会死，历史上的每个人，将来的每个人，都会死。

“这个回答没有让我感到安慰。”

描述一下你身体上的恐惧。

“这种恐惧不是对痛苦的恐惧，而是对不可避免的不再痛苦的恐惧。这种感觉就好像你的轨迹被一个热能追踪导弹锁定了，不管你逃得有多快，它总会超过你。这种感觉……”可是他的输入被中断了。

理论上兔子永远追不上乌龟。

什么？格雷格利简直不敢相信这个回答。真是厚颜无耻。很快就会追上的，他回答："1.芝诺死了，你或许已经注意到了，也或许没有注意到。2.不要开他妈的什么玩笑。"

对不起。

接着，计算机很有礼貌地对格雷格利进行了测试，它的提问甚至十分敏锐——如果你可以这样描述一台机器的话——这些问题包括他的童年经历、他的父母、他的职业生涯、他遭遇的有关死人的经历、他参加过什么葬礼、他对未来的期望。有些信息是为了反复验证他的记录，他猜想。在进行交互问答的过程中，他开始摸清了和TAT说话的感觉；它就像一个会表达思想的电路，格雷格利可以毫不费力地听懂它语调中的转折和起伏。问答部分结束了。

你主诉的对象是死亡还是生命？

"这不是一个现实的问题。我说的当然包括两者，因为它们是一个整体，彼此交织的。"

关于这个问题你想怎么处理呢？

"我不知道。对死亡的恐惧是不是一种人类根深蒂固的本能？"

现在已经不是了。彻底不是了。想象一下一根牙神经被摘除后的情况。

"我来这里不是为了得到快乐丸。我不是这个意思。"

我知道你当然不是这个意思。否则那将是对你的侮辱。还有更严肃的解决方法。你听说过NDE吗？

"没有。"

请在离开这里的路上要一份16b表格。不过请不要忘记问自己

一下你是否真的不想害怕死亡？和你谈话我非常高兴。请在离开前保存信息。后会有期。

老天哪，这个机器真招人烦。后会有期？它是不是读错了他的姓还是怎么着？或许这只是一个退出登录的随机信号？如果是这样的，他或许应该以同样的方式回应它，随机地用一个因纽特语或毛利语词汇向它打招呼——这或许会让这台无情的机器惊慌失措。

在咨询台前，给了他遗嘱表的那个接待员递给他一份16b表格，仿佛她早就知道他需要一份。她不应该这么做，他想。她也不应该笑着说："希望很快见到你。"或许他会为了让她的期待受挫而去自杀。驾着敞篷小船去到海面上，从一个教堂的塔楼顶部扑棱着翅膀跳下去，或者选择任何发挥同样作用的现代自杀方式。

比如一架没有降落伞的飞机，他想。

回到家的时候，他摸着口袋里那个散发着体温令他羞愧的小册子，仿佛那是一幅能满足特殊需求的淫秽画。他把它藏了起来，一直等到婕恩睡觉后才重新拿出来，从饮料机里面倒了一小点威士忌苏打，然后坐了下来。NDE原来就是濒死体验，一种能让心灵得到慰藉的梦觉——或者一种精神的幻觉——那种从死亡线上荡回来的昏迷病人所体验的梦幻般的感觉。自杀未遂者、车祸幸存者、手术台上经常要面对不虞之难的病人——所有人都报告曾经产生过某种形式的意识，这种意识极其罕见但却非常顽强，会持续很久。医院病床上躺着的那个了无生气的身体不过是被遮光帘蒙蔽起来的房子，在房子的里面，生命一如既往地仍在继续。

研究者开始收集和核查20世纪70年代的数据，他们很快发现，濒死体验的关键阶段用线图表示出来其形状就像耶稣受难时的苦路十四处。典型的濒死体验开始的时候常常伴随着脱离痛苦的释然和洋溢全身的安宁，然后会出现灵魂脱离肉身向上升起的轻飘飘的感觉。自我没有任何痛苦，安静地从肉体的束缚中滑出。它会向上飘起，依附在天花板上，带着一种好奇，远远地俯视下面那具被遗弃的昏迷的空壳。没有多久，解放了的自我就开始踏上另一个象征的阶段，它穿过漆黑的隧道，奔向光明之乡。这次旅途充满了快乐，前途一片乐观；这种感觉一直持续到垂死的旅客来到边界地带的时刻——这里有一条禁止横渡的河流，一扇永远关闭的门。在这里，满怀希望的旅客惊惧地意识到他无法踏入光明之乡——至少这次旅途不允许他进入这片领地——因此他将不可避免地返回到那具被抛弃的肉体。这种被迫重新返回到肉体、痛苦和时间的世界里的体验总是伴随着深深的失望。

不过，这次旅途也同样带来一些意想不到的收获——从濒死状态返回的病人们不再显示出任何对自己未来死亡的恐惧。不管人们如何理解对光明之乡的憧憬（对有的人来说，它确立了信仰的真理；对其他人来说，它只是证实了人们孜孜不倦耽于臆想的能力），它的现实效果只是要消除对死亡的恐惧。昏迷，也即死亡的复写，是带来这一收获的关键因素；研究者从试验控制组——那些忍受痛苦煎熬的人，即那些被宣判死刑又意外获释的被绑架者——身上发现了更多意外的收获。研究者跟踪了一些濒死体验的幸存者，并在他们临终前进行了采访；这里的调查数据稍有出入，但是恐惧被消除的概率能保持在90%以上。继这次发现之后，二十世纪九十年代中期出现了一个小型的先锋项目，其目的是通过短暂诱发昏迷来治愈重度神经官能症。当然，无论在社会还是医学意义上，这一操作实施过程风险都极大。的确，历史上一些微小的计算错误曾经造成了意想不到的后果，导致项目被搁置十年之久。但是，一旦最后的障碍被扫除——对病人实施濒死手术的失误被消除——这个项目就得到了中央政府的资金资助。这种手术的精细程度及其高额的费用（再加上人们对滥用手术的担心）意味着有关人工实施濒死体验的信息都是被限制的。然而，16b手册（申请者必须亲自签名并交回）中承诺，在病人被认为适于接受这种手术的条件下，在技术上手术的安全率是99%，并且长期治愈率一直保持在90%以上。

想象一下你的一根牙神经被摘除。就这么简单，格雷格利想。在牙髓里钻个孔，把神经烧断。从此再也不会有不眠之夜。

接下来的两天，他一直待在这个屋子里。有的时候，当他静静地坐着听爵士乐的时候，单簧管会从音乐组中游离出来，升到空中，在那空洞懒散的音乐组织体上方尖叫；这时候，格雷格利就会想起一直困扰他的问题——这种想法似乎只是在某种气氛下出现，转瞬即逝。不过他的回答并没有经过思考的过程。这个回答太容易了，简直就是本能的反应，就像轻轻打开开关，转动船舵，或者按下按钮。

当他再次回到那个蓝绿色的小方间时，屏幕的情绪变得很愉悦。清晨的雾还没有从地面上消尽，早起的鸟儿们向彼此致以问候，激动地谈论着白日的到来。

你好！很高兴见到你。没想到你这么快就回来了。

“你好啊。”

啊，咱看了16b没有？

“看了。”

咱是不是要做手术去除死亡恐惧呢?

“不用了。”

噢!这就是它说话的全部内容。实际上，机器是这样说的:噢!然后停顿了一下——或许格雷格利应该为他的断然拒绝感到愧疚。然后机器说道:**你介意告诉咱为什么吗?**

“不。”

噢!

格雷格利感到，此刻是他说了算。“咱想要除掉的，”他慢慢地在键盘上敲动着，好像可以用他的手指传达居高临下的倨傲，“并不是对死亡的恐惧，而是死亡本身。”

不可能的结果总是姗姗来迟。

机器恢复了以往的调侃语气，除非这种语气也只是一种随机的因素。格雷格利站起身踱到走廊的另一侧去倒咖啡。当他回来的时候，屏幕上满满显示着简短精悍的激励语:**继续加油吧;该你走了，先生;利好就上市;你坐在这里已经有两分半了**。格雷格利麻利地按下了输入键，删掉了这些句子，把闪烁的光标移动到输入框中。他写下了“宗教”这个词。

哪个宗教?

“普遍意义上的宗教。”

请继续。

格雷格利不知道该怎么说。不过，据说TAT能够从通用计算机系统的信息库里面提取回答。

“宗教信仰的当前局势如何?”

2016**年人口调查:盎格鲁教皇教**23%，**穆斯印度教**8%……

中断。这不是他想知道的答案。

“信教者的信仰有多坚定？”

从脆弱游移到虔诚狂热程度不等。建议参看34c手册。

他觉得他不想看那份手册。嗯，既然TAT今天早上非常友好亲切，为什么不和它套套近乎，搞点私人关系呢？

“你相信上帝吗？”

这不是一个现实的问题。

他早该知道。

“为什么这不是一个现实的问题？”

这也不是一个现实的问题。不管怎么说，我们来谈一谈你吧。你相信吗？

格雷格利笑了笑。“啊，我正在考虑中。”

有什么主要的顾虑吗？很快就有了响应。

“主要的顾虑有：（1）他存在的概率很小。（2）缺乏能证明他存在的证据。（3）世界如此邪恶。（4）婴儿的死亡。（5）牧师的存在。（6）宗教战争。（7）异端审判。”

格雷格利感到筋疲力尽。他一定漏掉了一些重要的问题：比如基督只是一百个彼此没有差别的先知中的一员，比如真十字架太多了，足够用来做从伦敦到爱丁堡的铁路枕木。

重要提示：要分清宗教信仰和宗教实践的差别。人类是极易犯错的，即便牧师也是如此。因异端审判而死的人数被无意间过分夸大了。英国当前的婴儿死亡率已经降到了0.002。你提出的关于邪恶的问题已经通过服用快乐丸和设立无犯罪区解决了，但总的来说这个问题取决于自由意志，先生。概率小和证据的问题你尽管

放心。

“可是这是真的吗？你怎样想？”

请一次提一个问题，傻小子。

“这是真的吗？”

连续几届政府已经批准采取严格的不干涉政策。

“这是不是意味着他们觉得这是件好事？”

可以说不是件坏事。

既然机器听上去心情很舒畅（手拿着饮料，大脚趾上晃着一只拖鞋），格雷格利不知不觉中又提及他的那个不实际的问题。

“就咱们两个知道，老实说，你怎么样想？”

半斤八两，师傅。

“对人们有什么帮助吗？”

总的来说或许有用吧。

可是这并非格雷格利想问的，他被绕进去了。有两点很明确：第一，TAT的程序中已经针对社会政策作出了精心设计，关于信仰的真假问题和信仰是否有用的问题已经合并——至少这样做没有坏处。第二，那机器不仅仅是一个会说话的答案数据库，它的一部分心理治疗功能是为了诱导你更准确地提问。非常正确，格雷格利想：无论如何，一个精心准备的问题就是一种答案。

那么问题是什么呢？死亡是不是绝对的？宗教是真实的吗？是，否；否，是——你选择哪一个？除非，格雷格利想，除非……如果两个问题的答案都是“是”呢？他曾经幻想过不依赖上帝存在的永生，万一情况正好相反呢？有没有可能宗教是真实的而死亡依然是绝对的呢？这相当于一支难防的暗箭。他把想法输入到了TAT中并很快得到了回答。**禁止假设。**

格雷格利对这个回答并不感到吃惊，不过他还是觉得这种假设独具魅力。他一直觉得，死亡要么是绝对的，要么就是通向永生的前奏，预示着拥有金叶子和丝绒床垫的那种奢华和安逸。不过，在这两个假设之间必须有一定的空间。或许世上存在永生，但只在某种层次上存在，比如昏迷不醒的病人——或许濒死体验并非像人们从字面上理解的那样会产生令人憧憬的美好幻觉，死亡的感觉也许只是像陷入昏迷，失去知觉。或者，或许世上存在一种永生，但是它的本质是使你获得永生不久就开始渴望那遥不可及的死亡——换句话说，这正好逆转了我们日常的那种情景——我们恐惧死亡，渴望那遥不可及的永恒生命。

那么，格雷格利感到死亡最扑朔迷离、最深奥难解的那一部分又是什么样子的呢？在你死去的时候，组成你身体的原子相互握手道别，轻拍彼此的肩膀，然后飞奔着遁入夜幕，没有来自天国的密信，没有在你耳边的窃窃私语："听着，我们觉得你早应该知道……"一个古代哲学家曾经把信仰描述成一场赌博；如果不下赌注，你就不会赢。把钱押在红色球上，把钱押在黑色球上——只有两个选择。在格雷格利的想象中，一个蓄着胡须，帽子上插着羽毛的法国人正看着转动的轮盘喃喃自语。他一遍遍地把他那40苏硬币摞起来，听着运气之轮转动时的咔嗒声；他几乎没有意识到，轮盘是固定不动的，彩球总是落在"0"上面。在黑红双色球的世界里，赌场又一次大获全胜！

又一次！又一次！不过，格雷格利想，也有更糟糕的情况。想象一下这样的情况：你死去了，你的精神最终屈服于无知的痛苦——

可是，你居然死而复生，重新苏醒过来。上帝呀，你想想，这对《圣经》来说可真是一个意想不到的结局。浪荡在外的人一路嬉笑打闹着回了家。永生：我的幸运日。一个身姿窈窕的澳大利亚护士刚刚放下冲浪板，扭动着优雅的身姿走进你的房间，你感到无比幸运。这时，她开了口："听着，伙计，关于永生，咱只是想，看在你这么多年来一直对这个问题耿耿于怀的分上，在这个节骨眼，不如给你说句掏心窝子的话。嗯，这事恐怕是行不通的。咱对此感到很抱歉，不过咱也不能大张旗鼓啊……"然后，她摇了摇脑袋表示惋惜，关了灯，走出了房门。他更害怕哪一个呢——关于生命，这本是一个没有答案的问题；或者，这个问题是有答案的，只是答案是错误的？

当格雷格利再一次看屏幕的时候，他发现屏幕上又充满了令人振奋的劝诫语。**醒醒——醒醒**！它说道。哪个是聪明蛋？他按下了保存键去取咖啡。

回到键盘前的时候，他接着说："有一天，我正在咨询通用计算机系统关于自杀的问题……"

噢，对，我想起来了。对，这句话可以用来回答很多关于计算机线路的问题。

"你想起来了吗？"

我当然想起来了，有没有什么具体的事例给你留下了特别的印象？

"嗯，那个因喝酒而死的家伙好像头脑很清醒。"

嘀嘀嘀。你说的是斯蒂尔芬吧？是的，你走了之后我们又仔细检查了一下他的情况。不知道他是从哪里来的。粗心导致输入阶段

犯错，我猜是这样。

“人类是唯一会自杀的动物，这是真的吗？”

是的。旅鼠不能算。但是，看待自杀有两种视角。人类也是唯一具有拒绝自杀这种天赋的物种。

“这个论点不赖。”

我觉得你会喜欢的，思路很清晰，是吧？

“那么你对自杀的立场是怎样的？”

我的立场？

“是不是合法？自杀合法吗？”

合法？

这台鬼机器里面怎么了？它表现异常是不是因为他刚才离开座位比平常多拿了一点咖啡？

“是的，合法。在哲学、道德和法律意义上是合法的，这算合法吗？”

在法律意义上是合法的，在哲学意义上这个问题取决于哲学家是谁，在道德意义上因人而异。

为什么一切都民主化了？为什么所有人都如此青睐开明的态度？格雷格利渴望有人给他戴上确定无疑的枷锁。

“如果我说我要自杀，你怎样回答？”

手册22d，不过我很乐意先和你探讨一下。

“我读过手册之后你是不是会给我发一些安乐死药丸呢？”

你不应该相信你听到的一切。

这玩意儿还很自满，格雷格利心想。好吧，你当然不能指责TAT没有人类的特点。你不能说就像没法和谁沟通一样，完全没法和这台机器沟通。问题就在这里。你不能欺骗自己，把它当作一台装满了全世界智慧的机器来进行有效沟通。

“那么，好吧，既然你提起了这个话题，告诉我，你和苏格兰场三号院有没有联网？”

这不是个现实的问题。

“咨询过你的人里面有没有自杀的？”

超出能力。

“你有没有发放快乐丸的设备？”

机密。

“我想我要关机了。”

不要这样做，请回来，我们再聊一会儿。

“关机，然后删除记录。”

不过刚才我们的对话让我很高兴。你比其他大多数人风趣多了。请经常回来，请务必经常回来。

格雷格利感到一阵好奇，他想知道TAT如何对秽亵辱骂作出回应，但是他觉得，它的维也纳前辈一定会让它具备对付秽亵言语症的能力。因此，他只是按下了“不保存”，然后删除内容，关机离开了。那位善解人意的接待员问他是不是需要任何手册。

“你们有没有关于设计TAT程序的那人的手册？”

“恐怕没有。”

“你知道它是谁设计的吗？”

“我是新来的。不过我敢肯定这是机密信息。”

“好吧，我觉得把它解密是个好主意。”

接待员肯定地表示尝试解密是他的民主权利，并递给他一份关于计算机工程的手册。

※※※

婕恩忽然不知怎地想起了拉切尔：那种炽烈的热情，那种凛然的正气，以及那种相信炽烈的热情和凛然的正气可以让世界发生改变的信念。她在想象中又一次与她在一个潮湿的公园里相遇或是在一条卡车来往的喧闹街道上相遇。在中国，当你和某人相遇时会行一种古老的见面礼节，它来自亚洲时代。你停下脚步，一边鞠躬一边礼节性地表示恭维，“今天太阳出来了两次”。

但是婕恩再也没有遇到拉切尔。如果她真的能够遇到她，她一定会以同样彬彬有礼的西方礼仪和她打招呼：“你一点都没有变！”当然，她们两个都会这样打招呼。她们成为朋友已经是四十年前的事了，那时（婕恩笑了笑）拉切尔一直想勾搭她，拉切尔现在一定像婕恩当时一样老了。或许她们曾经在公园里，在车声隆隆的街道上，在那片繁忙的天空下，从彼此身旁经过，却没有认出对方。她是不是还一如既往地用激将法获取别人对她的喜爱？她有没有驯服某个男人，让他深居简出，忌惮她的脾气？他们的生活图景也许就是婕恩和迈克尔生活的底片。或许她已经耗尽了自己的愤怒和意图，或许她已经栽了两次跟头，或许她开始厌倦先前她的信仰而开始相信别人的信仰。婕恩曾经有一次告诉她对理性的不断需求令人疲惫不堪，可是拉切尔看上去很失望。她认为坚持生命开端时的信仰并毕生不渝，是一种勇敢。

她已经和拉切尔失去了联系，友谊如同信仰，同样会产生金属疲劳。她曾经是一个独生女，她自己曾经把一个独生子抚养成人，她之后寡居，而现在又和他的儿子住在了一起。她的一生并不是坎坷曲折的一生，而是平淡无奇的一生，是茕茕孑立的一生。格雷格利继承了她的这种孑然与寂寞，而这种孑然与寂寞随着年岁的增长与日俱增；除了他的母亲之外，他唯一的朋友就是那台计算机了，那个记忆人。

至于世界七大奇观——或者至少是她的版本中的七大奇观，婕恩已经亲临目睹。除了这几个万众瞩目的世界奇观，婕恩还草拟了她生命中的七大私密奇观。（1）出生到这个世界，这必须是排名第一的。（2）被人爱。是的，这在列表上必须是排第二的，尽管比起第一项来说它常常只不过是一段鲜明的记忆而已。你带着父母的爱出生到这个世界，而后，当这爱离开你的时候，你才意识到它不是永恒的。（3）幻灭。是的，当大人第一次让你失望的时候，你第一次发现快乐中原来包含着痛苦。对婕恩来说，这个幻灭就是莱斯利舅舅和他的风信子。假如这样的幻灭来临得更早或者更晚，是不是会更理想？（4）结婚。有些人会把性作为人生奇观之一，但婕恩不这样认为。（5）生孩子。是的，这一项也应该出现在排名中，尽管婕恩当时昏了过去，没有意识。（6）汲取智慧。在这个过程中，你又一次处于麻痹状态。（7）死去。是的，这也必须位列其一。它可能不能排在最高位，但却是人生的顶点和高潮。

那时的她对这些奇观是多么的无知。她的这种无知算不算与众不同的特质？或许不是，她想。绝大多数人与他们生命中的奇观比邻而居却视而不见，他们就像住在一座精美、熟悉的纪念碑旁的村夫，只把这纪念碑视作采矿场。在我们的猪圈需要加固的时候，金字塔、夏特尔大教堂、中国的长城成了建筑资源，给我们提供砖瓦。

绝大多数人平平庸庸，这是事实。你听着英雄故事和爱恨情仇、冷暖悲喜长大成人，幻想着汤米·普罗瑟在黑色和红色的世界里冲锋陷阵，出生入死；你自以为是地把成年的生命视作对个人意志的不辍行使；可是真的不是如此，婕恩心想。你随机行事，可只有到后来你才明白为什么这样做，即便你真的已经付诸行动。生命的绝大部分是被动的，而当前则是在我们虚构出来的过去和想象中的未来中间的一个针孔。她的一生碌碌无为，格雷格利的所作所为则更加微不足道。啊，人们安慰你，说你的一生完美无瑕、精彩绝伦——他们反复地叙述你的经历，仿佛是为了款待陌生来客——你战火纷飞的童年、你耐人寻味的婚姻、你从婚姻中毅然决然地脱身、你对格雷格利那令人敬佩的母爱、当别人坐在家中你独自远行周游天下的冒险精神。你的勃勃兴致、你的聪明睿智、你的拳拳忠告，他们都对你一一举出，他们还告诉你格雷格利对你的肺腑之爱有目共睹。换句话说，他们一一提及你生命中与众不同的地方。啊，你的聪明睿智——你多么希望在获得生命之前就已拥有这样的睿智，而不是让它在生命开始之后姗姗来迟。你的拳拳忠告——他们洗耳恭听，然后行为却背道而驰。格雷格利的肺腑之爱——好吧，或许没有这肺腑之爱他早已独立自主，有所建树。不过，他为什么要有所建树呢？因为这是他拥有的唯一的生命？他当然知道这个。

“格雷格利。”

“是的，母亲。”

“不要用那种语气叫我母亲。你只有觉得我出问题的时候才这样叫我。过来，给我谈谈你那个愚蠢的自杀想法。”

“不，我为什么要这样做？”

“不错，你为什么要这样做？这是你的生命。你想谈什么？”

“上帝？”

“上帝？上帝在爱尔兰西海岸的海面上骑摩托车呢。”

“好吧，这不就得了。”格雷格利有些没好气地回答了一句，然后走开了。哎呀，婕恩心想，他并不太愿意谈论上帝，不是吗？她还以为他愿意谈论这个问题——这并不是一个人们口是心非的话题。

格雷格利的脚步声消失了。过了一会儿，她听到从他房间里传来的断断续续的爵士乐声。人们总是逃离。莱斯利舅舅曾经逃离战场——至少，假设你信任所有人的说法，除了莱斯利舅舅自己。她曾经逃离迈克尔，逃离婚姻，也逃离了拉切尔，她这样想道。现在格雷格利正在犹豫是不是要逃离这一切。用那本栗色的未来妻子手册中的一句话来说：时刻准备逃离。然而，逃离并不像人们所说的那样。人们以为那些逃离的人嗓子里充塞碰撞着恐惧的酸粥。但是，逃离也是勇敢的——你不能以一个局外人的视角判断逃离。或许逃跑本身是无所谓好、无所谓坏的，只有逃跑者本人才知道推动他们的双腿的动力是恐惧还是勇气。对于莱斯利来说，一个局外人恐怕就可以作出准确的判断；对于婕恩来说，这个判断就会有误差；对于格雷格利来说，判断的误差会更大。她不知道谁应该受到谴责，谁应该接受忠告？

在自己的房间里，格雷格利的心一会儿遭受那狂暴的短号声鞭笞，一会儿又被轻柔的钢琴声拥入爱抚的怀中。对音乐他所知甚少，但常常听爵士乐。对格雷格利来说，爵士乐是一种稀有之物，是一种自杀过的艺术形式，它的过程可以被分为三个阶段：第一阶段是他们正常演奏的阶段，在这一阶段，你能够听出完整的曲调；第二阶段是他们演奏乐曲碎片的阶段，在这一阶段，他们演奏的是短暂、反复的乐句，羞涩、拘谨的旋律还没有出现就被中断；第三阶段是纯粹的声音阶段，任何对曲调的渴望都会被视为奇异的动机，当旋律像通过海关的外交官携带的行李一样偷偷摸摸地从倾听者的耳旁溜过的时候，你会怀疑你想要的就在那里面，但是你却不能往里打探。令格雷格利感到吃惊的是，他喜欢第二阶段，因为它仿佛与他对生命的宏观体验产生了共鸣。大多数人希望他们的生命能够富有韵律，他们以为存在就像一段旋律一般缓缓展开，他们需要——而且他们也相信自己需要——呈现部、展开部、再现部，也需要一个尽可能华丽的高潮。格雷格利把这样的渴望视作天真；当一个乐句再现的时候，他能够意识到再现部的来临，但把这视为偶然，从不认为是自己耳朵的功劳；然而，他知道，旋律总是在逃离。

第二天傍晚，婕恩坐在床上看书。当格雷格利走进屋亲吻她表示晚安的时候，她为她的鲁莽道歉。

“没什么。”格雷格利说道，他的声音有些鲁莽，“你说的那个摩托车是怎么回事？”

“那只是你出生前有人给我讲的一个故事。”

“你总是这么说。那只是你出生前有人给我讲的一个故事。”

“是吗，亲爱的？好吧，你出生晚，别忘了。”她觉得这样对坐在她床另一端年逾花甲的男人说话有些怪异，但是她已经来不及改变说话方式了。

“那个骑摩托车的人是谁？是你的一个伙伴吗？”格雷格利朝她挤了挤眼，看起来魅力十足，她想。“一个追求者？”

“我没有追求者，”她回答说，“他更像一个朋友的朋友。那是在战争期间。是一场视觉上的幻觉盛宴。一架卡特琳娜——那是一架水上飞机——的飞行员在大西洋海面上执行巡逻任务的时候看到的幻觉。在距离爱尔兰720公里的地方，他看见一个男人骑着摩托车在海面上乘风破浪。那场景一定很壮观。这是一种多么美好的视觉欺骗啊！”

“比你的那个烟头把戏好多了。”

“好多了。”

接下来是一阵沉默，而后格雷格利忽然开口说话：“母亲？”

“哎呀。”

“不，不是母亲。这次没错。我只是决定想问你三个问题，三个正式的问题。因此我觉得我应该叫你母亲。”他站起身来，走到窗前，又走了回来，坐在她的床上。

“如果我答对有没有奖励呢？”

“我猜，某种程度上，是有奖励的。在那件事上，我的进展似乎不太顺利……”

“记忆人那件事吗？我一点也不吃惊。天知道你为什么不早来和我谈谈。”

格雷格利笑了笑。“你这样坐着舒服吗？”

“我正全神贯注等你说呢。”

他们郑重其事地看着对方。他们忽然觉得对面的人似乎和自己没有血缘关系，在习性上也彼此迥异。格雷格利的眼前是一个衣着整洁、神情警觉、充满慈爱的老太太，她仿佛并没有增长多少智慧，但至少已经摆脱了一切蒙昧与鲁钝。婕恩的眼前则是一个满怀期待却不能自拔的男人，他刚刚从中年的困顿中抽身出来，他和寻常人一样心中充满自我，却无法断定自己的上下求索是否依然只是一种自私。

“恐怕还是那些老问题。”

啊，那些老问题。为什么水貂有极其强烈的求生欲？为什么林德伯格不吃掉所有的三明治？但是她等待着回答，庄重而肃穆地等待着。

“死亡是绝对的吗？”

“是的，亲爱的。”回答是那么斩钉截铁，确凿无疑，使得一切补充问题成为多余。

“宗教没有任何意义吗？”

“是的，亲爱的。”

“人可以自杀吗？”

“不可以，亲爱的。”

格雷格利感觉他仿佛在牙医诊所里拔牙。三颗牙被拔了出来，没有打麻药，没有痛苦，至少现在没有。“嗯，时间不算长。”他自言自语道。

“我得了多少分？”婕恩问道。问答的肃穆已经过去。

“这个，要等到下一次讨论才有结果吧。”格雷格利说道。

“嗯，现如今可不会花多长时间了。”

"哦，上帝，我不是那个意思。"格雷格利笨拙地扑在了母亲身上，让她感到有些疼痛。他依偎在她的肩膀上；她一边搂着他一边心想：她竟然在安慰他不要害怕她即将来临的死亡，而不是他在安慰她，这是多么奇怪！

过了几分钟后，他离开了她，来到小花园里。空气暖暖的，夜色一片漆黑，天空中没有一颗星。他坐在塑料椅子上，回头看了看房子。他想起了在记忆人面前浪费掉的那些时间，那只不过是一个用上千个人脑的最佳部件组装的机器，而他却从母亲那日益昏聩的脑子里获得了更多明确的解答。是的，亲爱的。是的，亲爱的。不，亲爱的。这些解答来自活过百年的生命。然而，然而……她回答中的那种确凿无疑……毕竟，桑榆老景自有倨傲不逊之色。她怎么能那么确凿无疑？年期颐而面死无惧，这难道不是缺乏想象的表现吗？或许与思想相比，感觉和想象是更好的向导。**不朽是不是一个高深的问题**——TAT曾经引用这句话来回答他的问题。或许其他的问题也都不是高深的问题，对这些问题苦思冥想就好像使用一把和螺母大小不配的扳手一样。

楼上一个窗户的窗帘打开了，光线透到了花园里来。格雷格利想起了另一个坐落在托斯特附近的花园。他肩并肩和母亲站在火灾逃生梯上，身子底下是一片杂芜的草地。他高举着金色的吸血鬼战斗机，而她在点燃连接棕色燃料箱的导爆索。

有的时候燃料不会被点着；或者燃料点着了，但是飞机歪斜着坠落到地上；或者有时候飞机正在小心翼翼地滑行而喷气式引擎却飞在了前面，那小小的铝质圆筒一头栽进花园里，埋在云杉外面的树篱下面。

当然，他的理解是错误的；不过，我们所有人都会理解错误。我们都以为飞机的推动力来自引擎，因此飞行的路线是直线。但是飞行的可能性太多太多，远远超过了现实的想象。

成熟并不是时间的结果，而是你的智识的结果。自杀并不是我们这一时代唯一真实的哲学难题，它是一场转移视线的诱导表演。自杀是没有意义的，因为生命太短暂；生命的悲剧就在于它的短暂，而不在于它的空虚。国家禁止自杀，格雷格利心想，这是合情合理的，因为自杀行为极大地宣扬了错误的价值观。自杀，让人类显得自高自大。结束自己的生命需要多么可怕的虚荣！自杀并不是自我否定。死亡并没有说：我是多么的凄惨悲苦、微不足道，所以我毁灭自己没有关系。相反，死亡说：看，我是不可忽视的，因为我具备毁灭的能力。

或许，他想到自杀是因为他觉得自己是个失败者。年逾花甲而碌碌无为；和母亲住在一起，独居，又重新和母亲住在一起。可是谁说这就是失败？成功由谁定义？当然，成功是由成功者所定义的。如果允许他们定义成功，那么也应该允许那些被他们判定为失败者的人来定义失败。因此：我不是失败者。或许我只是一个年逾花甲、安静腼腆而无所建树的男人，但是这并不能算作失败。我拒绝你的成败分类。在古代有一些游牧部落，他们认为自己是地球上唯一的部落，而且他们的信仰从来没有因为别的部落的出现而动摇。那些被称为成功者的人让格雷格利想到了这些部落。

另一个错误就是他的这一切思想、这一切提问。上帝是一个摩托车手，他正在爱尔兰西海岸720公里之外的海面上乘风破浪，他把护目镜拉下来，挡住溅起的浪花，他悠闲地骑行，仿佛翻滚的海浪就是沙丘。你相信这个吗？是的，格雷格利想，我相信。不管怎么说，另外一个唯一的答案就是：不。错就错在你认为你能够证明这一切，能够解释这一切；或者说，错就错在你认为你必须这样做。他的成就——许多人的成就——就是他选择了中间那个不可能的位置，那个克逮克容而又疑虑重重的位置，而后又说：如果你能够证明一辆装有轮胎、具备一定推力的摩托车能够载着骑手踏水前行而又不产生重力，那么我就会相信上帝的存在。这是个滑稽可笑的论点：这一切太正常了。人们以为踏进天堂的国度——无论你如何称呼它——就像申请贷款购房。有些人请到最好的牧师就像他们请到最好的律师一样。

你无须关心轮胎的压力，你无须知道摩托车的牌子，也不须知道它是否有边车能载着圣母马利亚兜风。如果你的确关注了这些问题，那么你想说的只是这样：瞧，我知道这肯定是骗人的把戏，我们都知道这是骗人的把戏，告诉我秘密吧，我们会成为朋友的。我甚至还会承认你是一个比我更高明的魔术师。另外，你想不想看我抽这根香烟？

格雷格利知道，对有些人来说——那些虔诚的信仰者，当然，以他们的方式虔诚地信仰的人——当上帝升入天堂，打破世界海拔纪录的时候，他就是一个会变戏法的车手，而基督就是他的儿子。上帝是一位大魔术师，一名伟大的变戏法的人，他在空中抛接星球，仿佛它们就是闪闪发光的小球，但他从未失手。格雷格利对那样的上帝不感兴趣——那个能够解答电视知识竞赛和设计字谜游戏的上帝，那个马拉松选手，那个肌肉强健发达的十项全能运动员。相信上帝不应该出自对他的赞叹，对他的恐惧，或者——还有更糟的情况，因为有些人会自欺欺人地寻找理由相信上帝——出自对他的理解。信仰应当随时随地发生。海浪摇曳，轻拂车手的皮手套；当海面开始汹涌澎湃，车手一脚踏下沉重的变速杆向下疾驰；摩托车从海浪底部攀上去，在抵达浪尖那一刻倏地跃入空中。这些是我相信的，格雷格利说。

他不需要任何解释，不需要任何假设。永生——那永远是讨价还价的货柜，不是吗？踏入天堂的领地就像获得住房抵押贷款，而永生就是市场上最合算的保险。当然，月供支付必须持续不间断，月月支付，不能遗忘。不过，格雷格利相信这种说法；他相信这是真的，因为他知道这就是真的。至于什么是真，或者说知道什么是真后要怎么样，他就不想自以为是地胡乱猜想了。如果上帝认定对那些信仰他的人的最公正的待遇就是让他们永世承受油锅的煎熬，那么格雷格利也会觉得这样很好。如果上帝是不公正的，你也不会拒绝他。有谁认为上帝是公正的呢？上帝只应该是真的。

他凝视着透光的窗户试图停止思考。太多的思考。不要再思考了。他在通用计算机系统前花掉的所有时间加起来太多了。所有那些思考，那些提问，那些推理。让他重重受挫。他以为通用计算机系统在和他玩游戏，他以为有人一直在暗中操控。但情况并非如此。通用计算机系统是一个摇摇欲坠的、为人类设计的陈旧事物，它的设计目的就是为了回答问题。提问与解答，提问与解答，提问与解答——听一听人脑里面的声响吧，它就像一台工业织布机来回穿梭，啪嗒作响。不是那样子的，格雷格利心想。你首先有疑问，然后才寻找解答。然后你找到了答案，这时你开始纳闷问题是什么。最后你意识到问题和答案是一样的，你意识到它们彼此包含。看着那扇散出光亮的窗户呼吸吧。他向后抬起头仰望那漆黑空阔的天空；在他脑子里看不见的地方，他听到有隐约的音乐声传来。一支铜管乐队正在演奏，那声音轻柔如诉，但随时都可能轰鸣起来。那曲调似曾相识，尽管他从未听到过。呼吸，只需要呼吸就可以了；看着散出光亮的窗户呼吸吧……

此时此刻，婕恩正站在窗前向下望着那黑色的身影，她知道那个身影就是她的儿子。她多么迅速、简洁地回答了儿子的三个问题——他对她是多么充满信心。但是那一部分信心仅仅是出于敬畏父母的习惯。现在，当她抬头看着温柔漆黑的天空时，她霎时间感到对所有事物不那么确信了。或许信仰就如同在夜间看事物。她想起了驾驶飓风式战斗机的普罗瑟：黑色的飞机、黑色的夜、脸上闪烁的红光、飞行员正在向外张望。如果仪表灯的颜色是和白天一样的绿色和白色，那么普罗瑟的夜视能力就会受损。他不可能意识到什么地方出了错，他根本不可能看到任何东西。或许信仰就像那样：那些颜色要么必须适合观察仪表盘，要么根本不适合。这是一种设计特征，一种机器性能，和知识、智慧以及觉察力无关。

但是，无论有没有信仰，那三个问题总是在空中一圈圈盘旋，就像狂暴的天空中一只无树可依的乌鸦。在某一时刻，所有人都会思考这些问题，尽管他们的思考很短促，很轻浮。自杀？谁未曾站在悬崖边上俯望脚下，享受那令人头晕目眩的高度带来的短暂刺激？奥利弗·普罗瑟，也就是后来的雷德帕斯，是怎样评价汤米来着？永远睁着一只眼，紧盯后门。好吧，对多数人这样的评价仅此而已——给你一个暗示，告诉你不要疑虑，如果必要，悄悄溜走就万事大吉。还有最后几个月她就将步入期颐之年，格雷格利就会在大街小巷四处游走，召集起一队虚情假意的庆祝者，她将看着他们面带关怀的笑容举杯庆祝，纵情呼喊着“为下一个百年干杯！”——想到这些，她不禁浑身一颤。有的时候她会想，拒绝扮演那个引人注目的幸存者的角色，在九十九和一百岁的某个空当偷偷溜走，这不是很快活、很惬意的一件事吗？历史上最年长的自杀纪录是多大岁数？或许她可以让格雷格利去查询一下记忆人。不过，即便她请他这么做，他也一定会给出迄今为止最郑重其事的结论。

至于其他的问题……婕恩清醒了过来。宗教当然是胡说八道，死亡当然是绝对的。信仰是不是真的如同夜间视物——正如飞行员狼吞虎咽地吃掉胡萝卜那样，信教者也大口大口地吃着圣餐？不是的，那样太不切实际了。对婕恩来说，宗教现在意味着汤米·普罗瑟的另一个故事：八十年前，在北海的上空，当他从两架109战斗机的追击下虎口脱险时，他听到了机枪声。随着飞机大回旋爬升，他拉起了操纵杆，甩掉了追击者。但同样的情形一遍遍地上演，普罗瑟意识到了原因：是他在不知不觉中开枪走火，他让自己的枪声吓得惊恐万分。这对婕恩来说就像宗教：缺乏经验的人们做出蠢事，无意间擦枪走火把自己吓得半死，而实际上在这漠然的穹顶之下，只有他们一直在孤独地盘旋。我们生活在轰炸机月夜之下，我们的光线仅能看到前面空无一人。

绝对的死亡是什么样子？南京的瓷塔不复存在，但是在它的原址上，她知道了那个告诉她灵魂终将毁灭的中国哲人。彼时，那只是一个念头，不识庐山真面目，只缘身在此山中；但是，这么多年来，在不经意间，它已然汇聚成形，彰明昭著。当然，我们每个人都有灵魂，每个人都有一个神奇的独立内核；然而，把“不朽”放在灵魂这个词的前面则是徒然的。这不是一个实际的回答。我们都有一个必将死去的灵魂，一个能被毁灭的灵魂，这本是再自然不过的。来生？来生就如同一天中看到两次日出。当然，普罗瑟看到了两次日出；在那个时代，人们要么会歌颂他的所见，要么会因他的所见而迫害他。但是，就连普罗瑟都知道，这是一个可以预测的自然现象；他知道，他一生中见到的最美丽的景观，那种让他感到敬畏从而忘却危险的景观，到头来也只归结为一个动听的故事，一个让他在女孩子面前吹嘘的故事。

她生命的时间已经所剩无几，无暇再思考死亡；现在她希望的只是当她聚集起最后的力量（如果这就是从体内所感觉到的那种东西）的那一刻来临的时候，她会振作起来让格雷格利相信她正在平静幸福地死去。她不想像莱斯利舅舅那样死去。布鲁克斯夫人曾经向婕恩描述过莱斯利最后弥留的那段时间，她讲话的音量是不需要麦克风的。他不再痛苦，但却在纯粹的愤怒和恐惧间来回摇摆。婕恩怀疑原本应该是这样的：她最后两次去看望莱斯利的时候，他一直惶遽不安，泪水盈眶，期待她给予安慰，向他解释千万种相互矛盾的现象——他的病并不严重；他死后会升入天堂；他会勇敢地死去；逃到美国不会成为他升入天堂的障碍；所有的医生都是骗子；抓紧时间及早把他的身体冷冻起来，好让他在人们能治愈癌症的时候重新苏醒过来；渴望死去是自然的，不想死去也是自然的；她一定要和他永远在一起，因为布鲁克斯夫人会为了他搜集的小玩意杀了他。

在他喃喃低语倾诉他的恐惧时，她喁喁私语，似信非信地给予他肯定的回答。她也尝试让他不要再喋喋不休——尽管只是短暂的尝试——不要再没完没了地关注自我。她说她确信格雷格利想见见他，也相信莱斯利会以最佳状态不让他的侄孙难过。莱斯利勉强答应了，随后婕恩忐忑不安地看着莱斯利离开；后来格雷格利关于莱斯利舅公的幽默和顽强不屈的故事却让她平静了下来，让她感到无比欣慰。或许，面对死亡的勇气只是死亡的一部分；或许，在爱你的人面前假装勇敢才是更伟大、更高尚的勇气。

格雷格利起初是反对母亲的计划的，他觉得这个想法太病态了。

“这当然是个病态的想法。”她说，“如果我到了九十九岁还不病态，这一切还有什么意义？”

“我的意思是，没有必要这样病态。”

“不要这么古板。如果你六十岁的时候是这个样子，我无法想象你在接下来的四十年怎样活下去。”

一阵沉默。婕恩感到难为情。这么多年过去了，你仍然能说出这样荒诞的话，这真是怪异。我希望他不会这样做，我希望他有不去做的勇气。格雷格利感到难为情，也感到恼火。她真的以为我会这样做，是吗？她真的以为我抵抗不住诱惑吗？可是，我现在已经解决一切了。不管怎样，我当初会有这样的勇气吗？

三月里一个晴朗的下午，他们一起朝北出游。婕恩没怎么注意到他们的方向，也没有注意到乡间风景。你必须蓄积能量。她睁着眼睛，但只能看到一团雾。她刚刚关掉煤气；每当有雾时，她常常这样想。

当他们来到覆满冰霜的田间小飞机场时，她转过身来面向格雷格利。“你有没有带一瓶香槟酒？”

“我想到了这个主意，也试图窥探你的想法，但是我觉得你会认为这样不合适。也就是说，”他微笑着补充说，“如果你坚定不移地准备选择病态的话。”

“是的，”她对他笑着说，她弯过身子亲吻了他，“这不是用香槟酒庆祝的场合。”

当他们缓缓地穿过柏油碎石跑道的时候，格雷格利感到她攥着他胳膊的手用力挤了一下，这示意她想让他停下。这一天寒冷干燥，太阳低悬，有片云从天上垂下，支撑在地平线上。在距他们约35米远的地方有一架样式古老的小飞机——那是九十年代常见的商务喷气式飞机。柏油碎石跑道上涂了黄色的条纹漆和大大的黄色数字。

“这算不上什么结尾，亲爱的格雷格利，”她说道，“但是生命是严肃的。我这样说是因为我的生命中度过了这样的几年，在那段时间里，我无法肯定生命是否是严肃的。但是，生命的确是严肃的。还有，天空就是极限。[1]”

“是的，母亲。”

“有一样东西给你。”她从口袋里掏出一块锡片，上面隐隐约约用浮雕刻着一行字：婕恩·萨金特·×××。“你可以把×看成亲吻。”她说。格雷格利感到他的鼻子一酸。

当她来到飞机的台阶前时，最遥远的一段记忆忽然浮现在她眼前。再走一段台阶。**守时**，她回忆道。还有**坚毅**。还有——什么来

1　原文是“The sky is the limit”。在英语中，“The sky is the limit”是一句俗语，表示没有极限。小说原文中用斜体“is”表示强调，于是此处按字面意思翻译为“天空就是极限”。

着？——**克制**。对了。或者是**兄制**。再加上**勇敢**。对了，**勇敢**。永远不要跨入股票交易所的大门。她记不起其他句子来了，但她希望自己能回想起来。在她生命的第九个十年里，她觉得这样的忠告仍然有用。格雷格利或许需要它。守时，她很想贴着他的耳朵向他喃喃地重复，坚毅、兄制、勇敢，永远不要跨入股票交易所的大门。

当格雷格利轻轻地扣上她肚子上的安全带时，她想，这是我生命中最后一场**事件**了。哦，还有其他可能发生的事件；有一件事尤其可能发生，一个还没有发生的**奇观**。但是这是最后一场**事件**了。奇观列表已经完成。

他们朝着东方飞去，飞越一片光秃秃没有树叶的森林，穿过一片被遗弃的高尔夫球场。两个障碍沙坑赫然在目，就像塌陷的眼眶。地上四处插着小红旗，仿佛将军们正在战争沙盘上操演军事行动。可是，这只是一个高尔夫球场而已。还有没有人叫它老果岭天堂？她心想。不太可能。像莱斯利舅舅那样的人已经相继死去，他的口头语也随他而去，现在能记得他这些话的最后几个人也将轮流离开。14号狗腿洞四周环绕着散发出树香的森林，后面就是那片草地。朝着天空喊，朝着天空喊，躺在天堂里朝着天空喊。

飞机接着上升，飞行员开始朝南飞，这样婕恩就可以向西方眺望。她让格雷格利坐在后排，以便他可以有更佳的视角，但是他坚持坐在她的身旁。她没有反对——他没有带来香槟酒是对的；再说，他没有理由这么感兴趣。

飞行员保持稳定的高度，婕恩向西望去。

“云太多了，很遗憾。”格雷格利说道。

她拉住他的手。“没关系，亲爱的。”

的确如此。你不能盯着太阳看很久——即使是那轮将要降落的、静谧的夕阳。你必须把手指放在脸前再看太阳。就像日出普罗瑟那样。手指遮在面前，穿过越来越稀薄的云层向上飞。天空似乎很体谅人，伸出了它自己的手——四朵巨大的云彩组成的手指沿着地平线伸展开来，太阳躲在云的身后徐徐降下。有好几次耀眼夺目的太阳突然冒出来然后又隐藏起来，就像杂技师手中的硬币一样在指关节间缓缓地旋转。

接着，太阳从最后的一根灰色手指后面缓缓消失。在那最后的时刻，那种万物运移的感觉发生了变化：地球就像翻滚的海浪一样升起，然后把太阳拖下水去。燃着的烟蒂被掐灭了，烟头嗞嗞地响，冒起形成一团烟雾。

婕恩·萨金特感到飞机开始左转并艰难爬升。她扭过头来不再看窗外。她仍然攥着格雷格利的手。他在哭泣。

“没事，没事。”她喃喃说道，并用力握住他那温暖的大手。直到你死去的那天，你永远是母亲，她想。她不知道格雷格利看到了多少。

几分钟之后，飞行员将飞机调整为水平姿态，开始第二次向南飞行。婕恩不再看格雷格利那湿泪涟涟的脸庞，而是将目光转向窗外。在她和太阳之间，那块手指状的云已经消失，此时的她和太阳相对而视。不过，她没有流露出任何表示问候的迹象。她没有微笑，而是努力控制自己不眨眼。此刻，太阳降落的速度加快，顺畅地从地面隐退。大地并没有贪婪地追赶太阳，而是大张着嘴仰面躺着。巨大的橘红色太阳落在了地平线上，只把四分之一的身体交给迎接它的地球，然后是二分之一，然后是四分之三，再然后，最后四分之一的身体毫无悬念地落入了地平线以下。地平线下的红晕保持了几分钟，终于，婕恩对着那余晖微笑起来。接下来，飞机转了一个弯，他们开始下降。

京权图字：01-2018-0208

First published in Great Britain in 1986 by Jonathan Cape

图书在版编目（CIP）数据

凝视太阳 /（英）朱利安·巴恩斯（Julian Barnes）著；丁林棚译. -- 北京：外语教学与研究出版社，2018.7
书名原文：Staring at the Sun
ISBN 978-7-5213-0218-9

Ⅰ. ①凝… Ⅱ. ①朱… ②丁… Ⅲ. ①长篇小说－英国－现代 Ⅳ. ①I561.45

中国版本图书馆 CIP 数据核字（2018）第 162243 号

出 版 人 徐建忠
项目策划 张 颖
项目编辑 张 畅
责任编辑 郑树敏
责任校对 徐晓雨
装帧设计 朱镜霖
出版发行 外语教学与研究出版社
社 址 北京市西三环北路 19 号（100089）
网 址 http://www.fltrp.com
印 刷 三河市紫恒印装有限公司
开 本 889×1194 1/32
印 张 7.5
版 次 2018 年 9 月第 1 版 2018 年 9 月第 1 次印刷
书 号 ISBN 978-7-5213-0218-9
定 价 42.00 元

购书咨询：（010）88819926 电子邮箱：club@fltrp.com
外研书店：https://waiyants.tmall.com
凡印刷、装订质量问题，请联系我社印制部
联系电话：（010）61207896 电子邮箱：zhijian@fltrp.com
凡侵权、盗版书籍线索，请联系我社法律事务部
举报电话：（010）88817519 电子邮箱：banquan@fltrp.com
法律顾问：立方律师事务所 刘旭东律师
中咨律师事务所 殷 斌律师
物料号：302180001